最強圖解

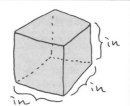

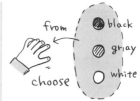

英文文法

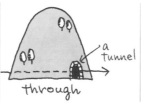

800 幅手繪概念圖，英文語感＋文法一本通！

圖、文／波瀬篤雄　　李友君　譯

前言

　　每種語言之中必定存在獨特的概念。英文有英文獨特的概念、中文有中文獨特的概念，概念是無法用外文翻出來的。

　　但還是有個解決問題的好方法，那就是使用圖片和繪畫傳達概念。言語無法形容的地方，就透過概念圖幫忙理解。每個人對概念的理解各有差異，並沒有什麼「絕對的法則」。

　　但筆者可以憑經驗肯定地說：只要將英文單字和文法等重點畫成特定的圖，就能對學習者的理解有相當大的幫助。想要有效學習外文，就少不了圖畫和概念圖。

　　只要將概念圖套用在英文的簡單式（➡文法篇），逐步改變介系詞的基本概念圖（➡介系詞篇），就能為一直以來的背誦式英文學習找出新途徑。

幾乎所有學英文的人，國高中時都會在不明不白的情況下被迫死背硬記。筆者編纂本書的原動力，就是為了讓大家更能樂在學習、逐漸接受英文。

本書中優先收錄了時常難以將英文形式與中文意思相互連結的內容，告訴讀者要怎樣才能記住。

本書是一本可以「隨手讀」的書籍，能與讀者感興趣的主題相互搭配，從哪裡讀起都可以。

期盼各位能用這本書驗證自己的圖像化能力，在享受內容的同時，也能讓這本書在日後的學習中派上用場。

2018 年 10 月
波瀨篤雄

A Recommendation from an English Proofreader

I love this book! The illustrations will help readers get a mental picture of the concepts. I think students will find it really useful!
Kathryn A. Craft

我愛死這本書了！透過圖畫，讀者就能在腦海中將概念化為具體。我覺得這對學生來說會相當有幫助！
凱瑟琳・A・克拉夫特

目次

文 法 篇

時 間 之 箭

1 射向未來的「時間之箭」

有時國高中的英文老師會在課堂上，用以下的箭頭講解事件時間軸上的前後關係。

〈 時間之箭 〉 ——————————————→

我們通常將這個稱為「時間之箭」。時間是直線流動，朝向「過去→現在→未來」邁進，人們自然而然會擁有這種感覺。

過去　　　時間之箭　　　未來

2 「時間之箭」與介系詞 to、不定詞 to

另一方面，介系詞 to 的基本概念則是「到達目的地的箭頭」（▣介系詞篇，Chapter 3）。

以下是它的概念圖。

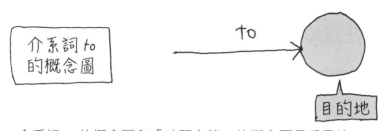

介系詞 to 的概念圖和「時間之箭」的概念圖是重疊的。

假如再將不定詞 to（to ＋動詞原形）畫成概念圖，則會如下所示：

在這張概念圖中，to 的概念箭頭朝未來延伸，連結到未來的 do 行動上。換句話說，不定詞 to 的目的地就是 do。

只要像這樣套用概念圖，（原則上＊）就能將不定詞 to 基本概念中「未來的事情」順利視覺化。

在時間軸上使用詞彙的人所處的時間點就是「現在」。只要以現在做為出發點，將涉及未來的意志投射出去，自然就會使用包含未來概念的 to。

＊ 用於表示事實的不定詞 to 將會在後面說明。

3　在腦海中「安裝」時間之箭

　　英文當中有各種包含未來意思的表現。有趣的是，這些表現相當符合與「時間之箭」重疊的不定詞 to 概念。

　　這就像是母語使用者事先將時間之箭「安裝」在腦海中一樣，即使本人沒有意識到，但只要談論未來的事情就會用到這個概念圖。

　　從下頁起將會介紹包含不定詞 to 在內的常見表現，一起透過概念圖確認不定詞 to 與未來之間的密切關係吧。

4 包含未來不定詞 to 的各種表現

1 be going to do　「打算～」

為了更容易理解，我們先將 be going to do 逐字拆解看看。

① be 是「有，在」。

② going 是「前進，朝向」。

③ to 是「到達目的地的箭頭」。

④ do 表示一個人想要在「箭頭」抵達處做的事情。

只要合成①～④的概念，就會如下所示：

　　be going to do「打算～」是用在已經決定要進行（或一般來說有很高機率發生）的事情上。從這張概念圖傳達的感覺來看，人和事物是在時間軸上不斷朝（一般來說）位在眼前的 do 邁進。

2 be about to do 　「正要～，即將～」

　　和 be going to do 相同，我們也將 be about to do 逐字拆解看看吧。

　　① be 是「有，在」。

　　② about ～是「～的附近」。（ ⇨介系詞篇，Chapter 6）

　　③ to 是「～朝向」。

　　④ do 是「～做」。

　　將以上詞彙合成後，就會如下所示：

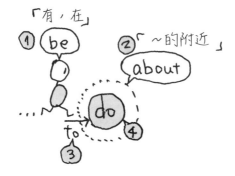

介系詞 about 的原意是「關於」，基本概念圖如左。這個詞也有「～的附近（一帶）」的意思，所以 be about to do 就是「（自己）接下來要做的事情就在附近（不遠處）」→「正要～」。

3 be to do

　　be to do 是 be 動詞和不定詞 to 的組合。雖然結構相當簡單，一般的參考書上卻會將它分為「預定」、「義務‧命令」、「可能」、「意圖」和「命運」這 5 種表現。

　　不過，只要將「未來」的概念圖套用在不定詞 to 上，就能讓這 5 種表現變得非常淺顯易懂。只要能認識 to do 的概念，即使

只是將 be to do 直譯，也足以傳達意思。

　　只要配合上下文意譯，就算不去死背這 5 種表現，也能融會貫通。

預定 *

She is to visit his house at noon.

〔意譯〕她預定在中午拜訪他家。

〔直譯〕她要在中午拜訪他家。

*「預定」經常用在表示時間和地點的內容當中。

義務、命令 *

You are to come home before it gets dark.

〔意譯〕你給我在天色變黑之前（趁著天色沒變黑時）回家。

〔直譯〕你要在天色變黑之前回家。

可能

The cat was not to be found anywhere.

〔意譯〕到處都找不到這隻貓。

〔直譯〕這隻貓沒在任何地方被人找到。

* 「可能」的情境通常是 to be 過去分詞和被動式。

意圖

If* you are to succeed, work harder.

〔意譯〕如果你想成功，就要更拚命努力。

〔直譯〕如果你（未來）要成功，就要更拚命努力。

* 「意圖」會用於 If 子句中。

命運

She was never to see him again.

〔意譯〕她再也沒有見過他。

〔直譯〕她從來沒有見到他第二次。

5　介系詞與「時間之箭」

「時間之箭」不只在用來瞭解不定詞 to 的概念時能派上用場。

就連通常只能死背的介系詞，也可以運用「時間之箭」的概念輕鬆理解。

1　at～　「在～（的時候）」

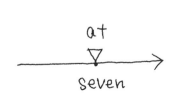

at
的概念圖

at 是表示直線上或平面上一個點的介系詞（➡介系詞篇，Chapter 8）。「7 點」是時間軸上的一個點，用英文說「在 7 點」時就會變成 at seven。

　　「瞬間」也一樣會變成 at the moment，表示「在那個瞬間」的意思。

2　over ～　　「經過（整個）～」

　　over 這個介系詞有覆蓋在東西上的感覺（➡介系詞篇，Chapter 9）。比方說，century「世紀」有 100 年之久，在漫長的橫向時間軸上取一個範圍，over centuries「經過幾世紀」的概念圖便會如下：

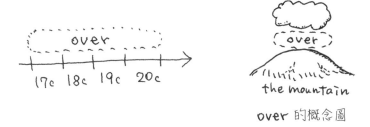

over 的概念圖

以下的表現也是同樣的概念。
over a few hours (years)「經過幾小時（年）」
over the weekend「經過（整個）週末」

3　in ～ ing　　「做～的時候」

　　～ ing 是動名詞「做～」的意思。假如要做什麼事情，就必須在時間軸上取一個範圍；如果將～ ing 與「時間之箭」搭配，概念圖便會如下：

如果將表「範圍」的 in 概念圖（➡介系詞篇，Chapter 4）套用於此，概念圖便會如下：

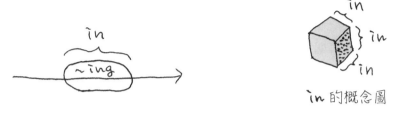

in 的概念圖

　　如此一來，「做～的（時間軸）範圍內」→「做～的時候」，就會相當淺顯易懂。

4　on ～ ing　「馬上就～」

　　假如將上圖的 in 改用表「接觸」的 on（➡介系詞篇，Chapter 7）概念圖取代，可想成如下：

沒有間隙　　　　　　　　　　　　on 的概念圖

　　既然是接觸，on 與～ ing 之間就沒有間隙。所謂「間不容髮」也就是「馬上」的意思。

　　當 to 是用來形容與時間的關係時，只要像這樣從「時間之箭」的角度出發，將不定詞 to 的概念視為「未來」，就能輕輕鬆鬆理解英文的意思。

6 「他五年來都是死的」?!

　　就算每個句子在概念上都有所不同，但為求刊登時方便起見，一般參考書都會把好幾個不同的句子當成是「相同」的意思。

　　以下三句就是典型的範例。通常每個句子都會被翻譯成「他死了五年」。

① **He has been dead for five years.**
② **It is five years since he died.**
③ **Five years have passed since he died.**

　　主詞和動詞都不同，真是不可思議。尤其是①的句子，直譯後就會變成「他五年來都是死的」，感覺非常不自然。

　　但只要將句子畫成圖，就能明確呈現出每個句子的特徵，讓人豁然開朗。

① **He has been dead for five years.**

　　這個句子的動詞 has been 是 be 動詞的現在完成式。假如改成現在式，就會變成這樣：

He is dead.
「他是死的。」

　　其實，這句話指的不一定是死亡當下的模樣，也包含了「他已經不在這個世上」的意思。死亡之後，當然就不存在於這個世上了（no longer exist）。

He is dead.
「他死了。」
（已經不在這個世上。）

假如這個狀態已持續五年，則為了表示「連續」的意思，is可改以現在完成式 has been 來表現：

He has been dead for five years.

直譯就如前面所言，「他五年來都是死的」，不過真正意思則是「他已經離開世上五年了」。

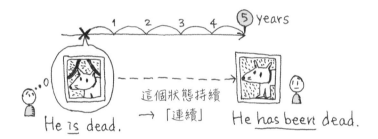

He is dead. → 這個狀態持續「連續」 → He has been dead.

② **It is five years since he died.**

主詞的「it」是籠統表示時間的 it，將他死後的時光當成一條河流來理解。直譯為「從他死後算起有五年了」。我們把它畫成圖看看吧。

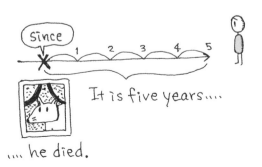

since
It is five years....
.... he died.

③ Five years have passed since he died.

　　主詞是「Five years」，與②的句子給人的感覺完全不同，是從他死亡那年開始一年一年地數到了 5 年。直譯為「從他死後算起過了五年」。用圖表示如下：

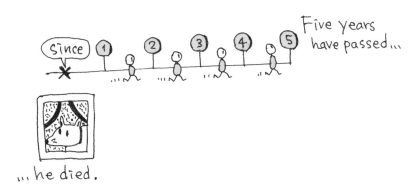

　　附帶一提，下個句子的內容與這句相似，動詞則使用過去式。換句話說，該句子僅僅用來表達過去的事實，完全不涉及與現在相關的資訊，單純客觀陳述五年前發生的事。

He died five years ago.

不只是
未來不定詞 to
和過去動名詞

1　再談未來不定詞 to

　　英文的不定詞 to 和動名詞都能表達「去做～」的意思。不過，就算翻譯起來一樣，使用方法也不盡相同。原則上就如前所述，不定詞 to 代表未來的事情，動名詞則代表（包含現在的）過去的事。

　　我們就來看看以下的範例，確認幾個有涉及未來之意的代表性動詞，要如何跟不定詞 to 搭配使用吧。

- **hope to do**　「期盼（希望）去做～」
- **expect to do**　「期待去做～」
- **want to do**　「想要去做～」
- **intend to do**　「打算去做～」
- **mean to do**　「有意去做～」

有涉及
未來之意的動詞

2　（包含現在的）過去動名詞

　　那麼，為什麼動名詞「doing」是代表（涵蓋現在的）過去的事？

　　在日常生活當中，時間大致只能劃分為未來、現在和過去這3種。假如不定詞 to「to do」就如上述般代表未來的事情，剩下的就是現在和過去。不妨單純將 doing 想成是「負責」表達 to do 不會呈現的（包含現在的）過去的事。

過去

doing

動名詞是
現在和過去
的事情

現在

看看下面幾個動名詞跟在後面的代表性範例，確認包含了過去、現在，以及結合兩者的狀況吧。

- **enjoy doing**　「享受做～」
　└ 過去和現在的事情

- **be used to doing**　「習慣做～」
　└ 過去和現在的事情

- **stop doing**　「停止做～」
　└ 不久之前在做的事情（過去）

- **finish doing**　「做完～」
　└ 不久之前在做的事情（過去）

- **regert doing**　「後悔做了～」
　└ 過去的事情

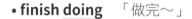

　　只要動詞不同，意思就會和後面跟著未來 to do 和過去動名詞時天差地遠。以下 2 個範例就相當有代表性，使用概念圖進行歸納吧。

- **remember doing**
「記得（之前）做過～」
- **remember to do**
「（接下來）記得要做～／別忘了要做～」

「記得之前做過～」　「記得要做～」（別忘了要做～）

- **forget doing**
  「忘了（之前）做過～」
- **forget to do**
  「忘了（接下來）要做～」

3　表「既定未來」的動名詞

　　然而，無論什麼樣的原則都有例外。其中有幾個用來表事實的不定詞 to（後面會提到）和未來的動名詞，只要充分理解，就可以正確應用。

　　比方說，在使用動名詞的表現當中，就有 object to doing「反對去做～」這樣的表現。照理說既然是反對，就是反對未來的計劃和預定事項。

　　不過，這裡卻是用 to doing 的形式來表現。to 是介系詞，doing 是動名詞，並非表未來的文法形態。為什麼呢？

1　含糊的 to do（不定詞 to）

　　在此要稍微思考一下 to do 的性質。to do 有很高的機率如前面所言，是用來表示未來的事情。這是屹立不搖的原則。

　　但雖說是未來，發生的機率又有多大呢？我們就使用例句來思考一下。

I 'd like to study abroad someday.
　　「我希望有一天能去留學。」

這個句子的不定詞 to 是 to study，假如主詞的「I」（我）是個相當努力的人，每天不斷用功，這件事會發生的機率就可能將近 100%。但假如主詞的人是個反覆無常的懶惰蟲，只是一時興起隨口說說，實現的機率就趨近於 0%。

因此，就算同樣是未來，實際上 to do 運用的範圍也很廣泛，從實現機率為 0% 到將近 100% 都有可能。換句話說，to do 的性質就是發生與否非常模擬兩可，要依使用方式而異。

2　不知是否會發生的事情無從反對

回到前面 object 的話題。假設這裡是用 ✕ object to do 來表達「反對去做～」，感覺像是反對未來的事情，大家可能會覺得沒問題。不過，請各位仔細想想，一個人會去反對不知是否會發生的事情嗎？要在高樓大廈有很高機率蓋好時，才會說「反對建造高樓大廈！」吧。既然如此，如果用 ✕ object to do 的形式讓不知是否會發生的 to do 跟在後面，就會變成像是在反對尚未定調的模糊計劃和議題。

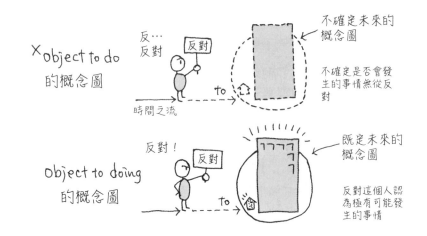

X object to do
的概念圖

反…
反對

反對

不確定未來的
概念圖

不確定是否會發
生的事情無從反
對

時間之流

to

object to doing
的概念圖

反對！

反對

既定未來的
概念圖

反對這個人認
為極有可能發
生的事情

to

3　表「既定未來」的動名詞

　　那麼，為什麼要使用動名詞呢？如前所述，動名詞原則上是用來表示事實。假如將這個「事實」的調性用於未來的事情，就會有「成為未來的事實」和「成為未來的現實」的寓意。為了傳達未來（幾乎）確定會發生的感覺*，就要大膽使用原則上用來表示事實的動名詞。

　　下面將會歸納一些使用動名詞表示「既定未來」和「未來的現實」的重要表現。讀到動名詞「～ ing」時，請體會看看「確定會實現」的感覺吧。

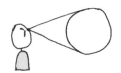

既定未來（未來的現實）
的概念圖

---

* 參見副詞子句當中，以現在式表示未來的事的部分（➡文法篇，Chapter 6）。

4 miss ～ ing 「沒～到」

He missed kicking the ball again.

「他又沒踢到球了。」

「沒～到」是因為做不到（幾乎）原本確定要做的事情。

5 avoid ～ ing 「避免～」

She made every effort to avoid seeing him.

「她想盡辦法避免見到他。」

一個人避免看似（幾乎）確定會發生的事情。不知是否會發生的事情就不會試圖避免。

6 imagine ～ ing 「想像～」

I can't imagine walking such a long distance.

「我無法想像自己能走那麼遠的距離。」

7 consider ～ ing 「（仔細）考慮要不要做～」

I'm considering buying a present for her.

「我考慮買個禮物送她。」

因為是仔細考慮，所以實現的可能性很高。

8 mind ～ ing 「介意～」

8 mind ～ ing　「介意～」

Do you mind opening the window?
「你介意幫我開個窗戶嗎？」

不知是否會發生的事情就不會太介意。

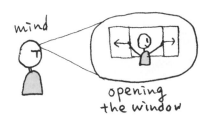

9 risk ～ ing　「敢於冒～的風險」

He risked being fired* to protest.**
「他冒著被開除的風險抗議。」

冒風險是有心理準備，覺得就算變成那樣也沒差。認為被開除「be fired」是（幾乎）確定的事情。

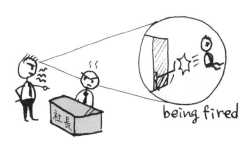

---

*fire ～「開除～」（→ be fired「被開除」）
**protest「抗議」

Chapter

3

He   grew   be
      up   a reliable man

表事實的
不定詞 to

不定詞 to 的大原則是要用在「未來」的概念上。

然而，無論什麼樣的規則都免不了例外。不定詞當中有用來表既成事實的用法，但主要就只分成 3 種。只要掌握這 3 種用法，就可以在腦海中整理得井然有序。

1 將不定詞 to 當成簡單版的「連接詞＋(S)＋(V)」

請看以下的例句。

I think (that) he is honest. ── （A）
S   V   (S) (V)

「我認為他很誠實。」

假如比較嚴格的眼光審視這句簡單的英文，可以說「明明是短句，卻反覆出現 SV（主詞，動詞）的形式」。

母語使用者通常會在開始閱讀英文的瞬間，從句首往下讀 7～8 個單字。這個句子由 6 個單字組成，母語使用者瞬間就會讀到 2 次 SV 的文法形態。一般來說英文很忌諱「重複」，這一點會讓人有點介意。

句子（sentence）必定有 S（主詞）和 V（動詞）＊，句子和句子會以連接詞接起來。因此，假如將 **(A)** 這樣的句子大膽畫成概念圖，就會變成像下面這樣車輛連結的感覺。

＊ 除了命令句之外。

容納 O 或 C
的地方

容納 O 或 C
的地方

就算嚴格控制文法形式，
短句還是有「沉重」感。

那麼，該怎麼做才能消除「重複」感呢？

think 這個動詞有個用法不會用到 that 子句，那就是 think A to be B（認為 A 是 B）。只要用了這個，就可以消除 **(A)** 句有「重複」感的缺點。

請看以下的句子。

I think him to be honest. ── （B）

        A   B

「我認為他很誠實。」

這個形式就不會重複連接詞和 SV，能減少拘泥於文法形式的沉重感，給人輕盈的感覺。我們就大膽將它畫成概念圖吧。

重複的地方少，有輕盈感。

改寫的模式

這裡要再次核對 P.36～P.37 介紹過的（A）→（B）例句變化。

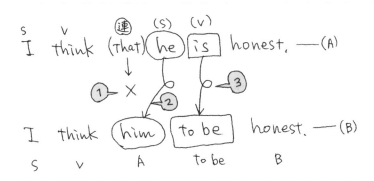

① 連接詞 that 要去掉。

② that 子句當中的 he (S) 到了（B）句會緊接在 think 的後面，
　要改成 him（受格）。

③ that 子句當中的 is (V) 會失去動詞應有的形式，變成不定
　詞「to be」（表示事實的不定詞 to*）。

　　以下舉出的改寫模式範例也是使用不定詞 to，讓句子的感覺
變得輕盈流暢，請各位務必讀進心裡。另外，我們也來確認一下
以不定詞 to 代替現在式和過去式，用於表示事實的情況吧。

> consider (that) A is B 「認為 A 是 B」
> ⇄ consider A (to be) B 「認為 A 是 B*」

---

* 正確來說，就是代表筆者「I」（說話者）認為是事實。

S　　　　V　　　連　　(S)　(V)
They consider (that) (he) [is] diligent.
①×　②　③

They consider (him) [to be] diligent.
S　　V　　　　A　(to be)　　B

「他們認為他很勤奮。」

① 連接詞 that 要去掉。
② that 子句當中的 he (S) 緊接在 consider（動詞）的後面，要改成 him（受格）。
③ that 子句當中的 is (V) 會失去動詞應有的形式，變成不定詞（表示事實的不定詞 to**）。

> pretend (that)... 「佯裝成……的樣子」
> ⇄ pretend to be ～ 「佯裝成～」

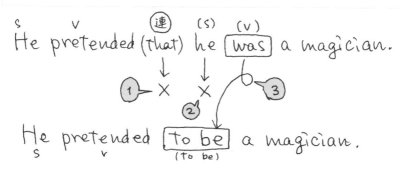

S　　　V　　　　連　　(S)　(V)
He pretended (that) he [was] a magician.
①×　②×　③

He pretended [to be] a magician.
S　　　V　　　(to be)

「他佯裝成魔術師的樣子。」

① 連接詞 that 要去掉。

---

*consider 在這裡的用法與 think 相同。
** 正確來說，這也代表「They」認為是事實。

② 下一句 to be 意義上的主詞與句子的主詞「S」一致，所以 he 也要去掉。

③ that 子句當中的 was (V) 會失去動詞應有的形式，變成不定詞「to be」（表示事實的不定詞 to）。

（不過，這時是 He（他）認為是事實，並非客觀的真相。）

---

so ～ that... 「非常～，以至於……」
⇄ so ～ as to... 「程度～到會去做……」

He was so foolish that he [left] the key in the room.

He was so foolish as [to leave] the key in the room

「他笨到把鑰匙放在房間了。」
（直譯「他非常愚笨，以至於把鑰匙放在房間了。」）

① 連接詞 that 要去掉。

② 下一句 to leave 意義上的主詞與句子的主詞「S」一致，所以 he 也要去掉。

③ that 子句當中的 left 會失去動詞應有的形式，變成不定詞「to be」（表示事實的不定詞 to）。

---

be proud that... 「為……感到自豪」
⇄ be proud to do... 「自豪做了……」

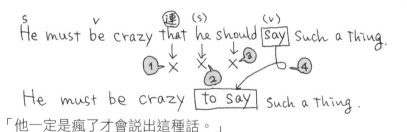

S v   連   (s)   (v)
We are proud that we [won] the final.
          ①× ②×   ③

We are proud [to have won] the final.

「我們為贏了決賽感到自豪。」

① 連接詞 that 要去掉。
② 改寫句不定詞 to 意義上的主詞與句子的主詞「S」一致，所以 we 也要去掉。
③ that 子句當中的 won (V) 是過去式。（為了表示比述語動詞還要早，）要改成完成式不定詞的形式（表示過去的事實）。

---

⑤ must be ～ that...「……一定是～」
⇄⑤ must be ～ to do...「……一定是～才會做」

S   v   連 (s)   (v)
He must be crazy that he should [say] such a thing.
          ①×   ×   ×③   ④
              ②

He must be crazy [to say] such a thing.

「他一定是瘋了才會說出這種話。」

① 連接詞 that 要去掉。
② 改寫句不定詞 to 意義上的主詞與句子的主詞「S」一致，所以 he 也要去掉。
③ 表示「驚訝之情」的 should 也因為沒有 that 子句而屏棄不用。
④ that 子句當中的 say (V) 會失去動詞應有的形式，變成不定詞「to be」（表示事實的不定詞 to）。原本 say 這個詞是緊接在助動

詞 should 的後面，屬於原形不定詞，但因「他」發言不當是
事實，所以代表事實。

> ⑤ is the first ～ that... 「⑤ 是第一個做～」
> ⇄⑤ is the first ～ to do...

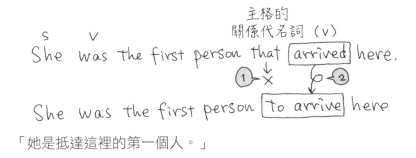

「她是抵達這裡的第一個人。」

① 主格的關係代名詞要去掉。
② that 子句當中的過去式 arrived (V) 會變成不定詞，修飾緊接在
前的 the first person。就算形式是不定詞 to，實際上也代表過
去的事實。

參考①

以下的範例並非表示事實的不定詞 to，但以模式來說會
歸類為上述的改寫，就跟從屬子句（這裡指 what 子句）當
中的動詞 (V) 會變成 to do 這點一樣。

「我不知道該做什麼。」

① 疑問代名詞「what」要直接沿用。

② 下一句不定詞 to 意義上的 S 與句子的主詞「S」一致，所以也要去掉。

③ 不定詞 to 與助動詞不能一起使用。should 要去掉。

④ 「I should do」的「簡略版」do 要改成 to do。只不過，這個不定詞 to 當中蘊含「未來」的意思。

參考②

另一方面，分詞構句則是使用分詞，簡化「連接詞＋(S)＋(V)」的形式。

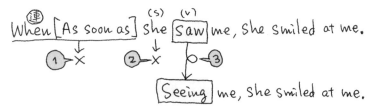

「她看到我，就對我微笑。」

① 省略連接詞。

② 跟主要子句一樣重複的 (S) 要省略。

③ (V) 要改成分詞（這裡指的是現在分詞）。

就像這樣，即使兩種方法不同，也能發揮相同的功能，將「連接詞＋(S)＋(V)」這種拘泥形式的沉重贅句，潤飾成輕盈流暢的形式。

2 動詞的「合體」

　　除非使用 and 或 that 或其他連接詞，否則原則上 1 個句子
（sentence）當中能用的動詞以 1 個為限。

　　不過，有些情況下則需要將詞意「合體」。比方像是把 be
動詞「是～」和一般動詞 seem「似乎……」組合成「似乎是～」。

　　這種情況下不定詞 to 就派上用場了。我們就來依序核對使用
方法吧。

1　seem to be ～　　「似乎（是）～」

首先要準備基本句子。

She is pleased with her new dress.
「她很喜歡新洋裝。」

　　接下來要將 seem「似乎……」跟這個句子「合體」。但不
能寫成下面這樣：

✕ She seems is pleased with her new dress.

　　現在式動詞不能 2 個並排。英文文法上同形的東西不可以當
鄰居排排站。V（述語）動詞威力強大，能決定句子的形式，也
就是 5 個句型其中之一。假如將 2 個 V 並排，概念圖就會變成如
下的感覺：

假如將 2 個 V 並排……

因此,「主角」動詞 seems 要保持原狀,「配角」動詞 is 的形式則會變成 to be。動詞形式必須要能像這樣與「主角」明顯區隔。

She <u>seems</u> ~~is~~ pleased with her new dress.
V
to be
不定詞 to

「她似乎很喜歡新洋裝。」

換句話說,to be 的形式算是用來表示「在意思上維持 be 動詞的『是~』,卻已經沒有動詞的功能」。

以下就舉出常用的類似範例,請各位要認知到不定詞 to 都會發揮相同的作用。

2 turn out to be ~   「查明是~」

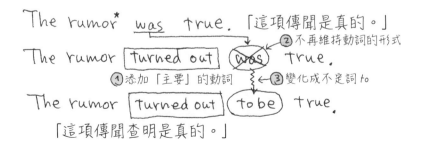

The rumor* was true. 「這項傳聞是真的。」
The rumor turned out ~~was~~ true.
②不再維持動詞的形式
①添加「主要」的動詞   ③變化成不定詞 to
The rumor turned out to be true.
「這項傳聞查明是真的。」

*rumor「傳聞」

3 be said to be ～ 「據說是～」

He is the richest man in the city. 「他是這座城市當中最有錢的人。」

He is said ② 不再維持動詞的形式 ✕ the richest man in the city.

① 添加「主要」的動詞

③ 變化成不定詞

He is said (to be) the richest man in the city.

「據說他是這座城市當中最有錢的人。」

be thought to be ～「被想成～」、be considered to be ～「被認為～」和 be believed to be ～「據信～」也要以同樣的訣竅整理歸納。

4 happen to be ～ 「碰巧是～」

I saw him on the street yesterday. 「我昨天在街上遇到他。」

I happened ② 不再維持動詞的形式 ✕ saw him on the street yesterday.

① 添加「主要」的動詞 ③ 變化成不定詞

I happened (to see) him on the street yesterday.

「我昨天碰巧在街上遇到他。」

請反覆閱讀 **1** ～ **4** 的改寫方法,將模式銘記在心吧。

3 以不定詞 to 表既成事實的「結果」

表示「結果」的不定詞 to，有一個代表性例句如下：

He grew up to be a reliable* man.
「他長大後變成可靠的人。」

句中的 to be 是 be 動詞的不定詞形式。雖然原則上要表示未來的事情，這裡卻代表「變成可靠的人」這個事實。

就如前面所言，不定詞 to 的 to 是以現在為出發點，朝向未來延伸的「箭頭」概念圖。箭頭是達到目的地的「抵達」，假如硬要直譯表示「結果」的 to do，就會變成「達到要做～」。

因此，假如以這個方式直譯上面舉出的例句，就會變成「他長大後達到要做可靠的人」。雖然以翻譯來說不自然，卻能直接傳達英文本身具備的概念。

---

* reliable「可靠，值得依賴」cf. rely on ～「依賴～」

　　就算形式是不定詞 to，也會表示「（以結果來說）達到要做～」的事實。現將同樣包含這種不定詞的重要表現歸納如下。

1 come to do ～　　「逐漸～」

In time, she came to like it.
「最後她就逐漸喜歡上它。」

　　雖然這個例句明確寫出 In time「最後」，但就算沒用這個詞，come to do 也帶有「時間經過」的寓意。直譯為「最後，她就逐漸達到喜歡上它」。

2 manage to do ～　　「想辦法～」

She managed to solve the problem.
「她想辦法解決了那個問題。」

不定詞 to 的其中一個寓意「時間經過」，就是「花時間」。「花時間」多半要「想辦法、花勞力」。因此，manage to do 就含有「想辦法」的寓意。直譯為「她想辦法達到解決那個問題」。

3 only to do ～　　　「卻～」（遺憾的結果）

He worked very hard to save money, only to find that it* was not enough.

「他為了存錢拚命工作，卻發現這樣還不夠。」

　　only to do 是努力和勞力前功盡棄時使用的表現。直譯為「卻達到發現……」。

---

* 這個 it 是「籠統」的 it，籠統表示拚命工作。

4 get + O + to do ～   「（說服到）讓 O 去做～」

　　「說服」只是一部分含意，翻譯上無法清楚呈現。因為有 to do，所以如前所述，「花時間」和「想辦法」的概念形影不離。

I got the manager to set up a website.
「我設法（說服到）讓經理開設網站。」

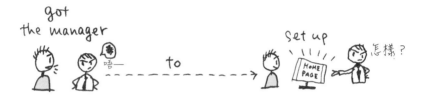

He got the engine to start.
「他（用盡一切手段）總算讓引擎發動。」

　　當 get 的受詞不是人而是物時，就會伴隨「用盡（一切）手段」或「想辦法」的概念。

〔類似範例〕以下的範例當中，persuade ～「說服～」也是「表示事實」的不定詞 to。

I persuaded her to change her mind.
「我說服她改變想法。」

絕 對 用 得 到 的
基 本 動 詞

生活中常用的 make、have 和其他基本動詞，光一個字就有好幾種意思和用法，實在很難學到運用自如。在這邊要搭配概念圖歸納重要的關鍵，徹底理解並記住這些基本動詞。

1 使役動詞──make、have、let

通常稱為「使役動詞」的動詞有 make、have 和 let 這 3 種。這 3 種都翻譯為「讓 O 做～」，在意思上卻有以下的微妙差異：

- **make + O + do** 「（強迫）讓 O 做～」
- **have + O + do** 「（當然有權利）讓 O 做～」
- **let + O + do** 「（允許）讓 O 做～」

為什麼使用的動詞不同，就會產生這樣的微妙差異呢？

1 「強迫」的 make

make 基本上是「製作～」，所以，make + O + do 直譯會變成「製作 do 什麼的 O」。這麼一來，O 的感覺就會像材料一樣，單方面受到製作者（主詞 (S)）的影響。我們可以想成是從這裡產生「強迫」的寓意。

She made him go shopping for her.
「她讓他代替她去買東西。」

這裡就做個有趣的嘗試吧。

首先要排列和比較 2 個簡單的例句。

（1）I made the robot to destroy the wall.

「目的」的不定詞 to*

「我製作機器人是為了破壞這道牆。」

（2）I made the robot destroy the wall.

「我讓機器人破壞這道牆。」

除了（1）的英文中有 to 這一點之外，2 個句子完全相同。
（1）的句子當中不定詞 to（to destroy）是表示「目的」的「為
了～」，句意為「我製作機器人是為了破壞這道牆」。將這個句
子畫成概念圖，會如下所示：

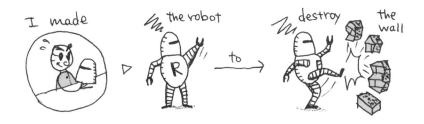

從製作機器人的時間點看來 destroy 是未來，所以「為了破
壞」的 to destroy，才會採取不定詞 to 的形式表「未來」的行動（ ⏵

---

* 為了讓「目的」的意義變得明確，一般人比較喜歡將 to destroy 改成 in order to destroy
或是 so as to destroy。

文法篇，Chapter 1），這樣就合理了。

　　（2）的句子 made 後面的 the robot 是 O（受詞）。後面有原形不定詞，所以是前面「使役動詞」make 的活用範例，意思是「我讓機器人破壞這道牆」。乍看之下極為相似的英文，所具備的意思完全不同。試著將這個句子圖像化吧。

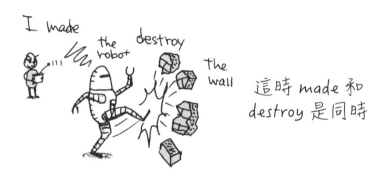

　　「讓機器人破壞牆壁」的情境當中，（我）made「讓」和機器人 destroy 是同時進行。因此，原則上就不需要代表「未來」的 to 了。只要這樣想，句子的形式就變得能令人輕易接受。

2 「委託」的 have

　　當一個人 have（擁有）另一個人之後，就會產生「支配」那個人的語感。一般常說「落入手中」，意思也是「在自己的支配之下」。

　　雖說是「支配」，但意思充其量只是花錢請業者，或是委託下屬做某件事。

She had the man carry the box.
「她讓那個男人搬運箱子。」

這裡也跟 make 的情況一樣，have 和 carry 會同時發生，不會改成帶有未來感的 to carry。

3 「允許」的 let

let 帶有「讓誰（隨心所欲）做～」的意思，與 make 呈對比。說到「讓我們～」的時候會講「Let's」，這就是使用 let 的「Let us」縮寫。

I let the children go out of the house.
「我（允許）讓孩子們離開家。」

let 之後 the children 就會馬上 go，所以這裡也是 let 和 go（幾乎）同時發生，你甚至可以想成是要避開帶有未來意思的 to。

【比一比】get ＋ O ＋ to do「讓 O 去做～」

　　get ＋ O ＋ to do 通常翻譯成中文就是「讓 O 去做～」，跟「使役動詞」的 make 或 have 翻譯相同，使用方法卻天差地遠。其中有「說服（人）」或「用盡一切手段」（想辦法）的關鍵語感，是 make 或 have 所沒有的。片語當中沒有等同於「說服」或「用盡手段」的單字，需要注意。

I 'll try to get him to stop smoking.
「我試著讓他戒煙。」

戒煙必須要本人接受才能戒，可以看出「說服」的寓意。

I couldn't get the computer to talk.
「我之前沒辦法讓電腦說話。」

　　讓電腦說話需要操作各種軟硬體，可以看出「用盡一切手段」的感覺。

　　那麼，為什麼這種表現和 make 或 have 不同，緊接在 O 後面的不是原形不定詞，而是使用不定詞 to 呢？

　　這裡又要做個有趣的嘗試。
　　我們試著將英文的詞（句）單純替換成「圖畫」吧。

• I'll try to get him to stop smoking.

　　說服人戒煙要花時間。只要想到原則上 to ～是表示未來，呈現從 get him 到 give up smoking 花時間的感覺，就會明白了。

　　直譯為「我試著 get 他（決定）（在未來）戒煙」。

• I couldn't get the computer to talk.

　　就跟上面一樣，to 會傳達從 get the computer 到 talk 花時間的感覺。

　　直譯為「我 get 電腦（決定）（在未來）說話」。

2　感官動詞

表示人類視覺、聽覺、觸覺和其他感官功能的動詞，就叫做感官動詞（又稱為知覺動詞）。主要有 see 和 hear，其他還有 look at、watch、listen to 和 feel 等等。

我們就以 see（hear）為代表來比對其用法 *。

see（hear）＋ O ＋ do　「看見（聽見）O 在做～」

受詞 (O) 後面有動詞的原形，就跟前面已經講過的 make、have 和 let 一樣。那麼，動詞跟這個原形時間上的關係也會一樣嗎？

I hear her sing a song.
「我聽見她在唱歌。」

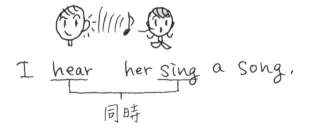

她唱歌之後，歌聲就會馬上傳到我耳裡、被我聽見。也就是說，hear 和 sing 之間幾乎沒有時間差。

---

* 只不過，這裡不會提到以下的用法。
see（hear）＋ O ＋ doing「看見（聽見）O 在做～」，see（hear）＋ O ＋ done「看見（聽見）O 被～」。

I saw him enter the building.

「我看見他進入大樓。」

既然看見他進入大樓，saw 和 enter 就完全是同時發生。

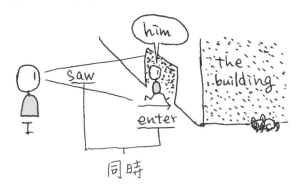

因此，我們在講解時就可以說，感官動詞也和使役動詞一樣，受詞後面要避開帶有未來意思的 to do。

3 help

有趣的是 help。help 的受詞 (O) 後面可能會有 2 種形式。

$$\text{help} + O + \begin{Bmatrix} \text{do} \\ \text{to do} \end{Bmatrix} \quad \text{「幫忙 O 做～」}$$

這就表示講話或撰寫的人可以隨心所欲用 do 和 to do 嗎？話也不是這樣說。

He helped me do my homework.

「他幫我做功課。」

幫忙做功課時 helped 和 do 是同時進行。

同時

This medicine will help you to run faster.
「這個藥會讓你跑更快。」

就算現在服藥，也要到後面才會出現效果。
這種情況的話，使用原形就會很不自然。

要經過一段時間
才會跑更快。
（並非同時）

　　這裡會總結目前為止談到的基本動詞和（原形）不定詞的用法搭配。

〈使役動詞〉

make
have ｝ + O + do 「讓 O 做～」
let

（幾乎）同時

[比較] get + O + to do 「（說服到）讓 O 做～」

to do 比 get 還要晚

〈感官動詞〉

see
hear ｝ + O + do 「｛ 看見 O 做～
　　　　　　　　　　聽見 」

同時

〈help〉

help + O + do

同時

help + O + to do

to do 比 help 還要晚（原則上 ★）

* 假如與 help 的 O 相當的語句拉長，即使是「同時」也可能會用 to do。
ex. He helped his father, who was very tired, to wash his car.
附帶一提，「去做～」的 go and do 也會變成形式平易近人的 go do，go 和 do 幾乎同時。
ex. Why don't you go see her?「為什麼你不去見她？」

0
6
1

4

絕對用得到的基本動詞

4 「使役／受害／完成」的 have

　　have ＋ O ＋ done（過去分詞）的文法形式，跟前面談到的「使役動詞」have，並列為最重要的表現之一。

　　這個表現麻煩的地方在於一個形式有 3 種用法。首先就把這 3 種用法歸納一下。

---

①〈使役（委託）〉「請人幫忙做 O」
ex. I had my bag carried to my room.

「我請人幫忙把皮包運送到房間。」

②〈受害〉「O 被～」
ex. I had my bag stolen.

「我的皮包被偷了。」

③〈完成〉「做完 O」
ex. Have your homework finished.

「把你的功課做完。」

　　雖然這 3 種用法的文法形式相同，翻譯方式卻天差地遠，真是麻煩。

　　解開疑難的關鍵果然還是要先直譯再畫成概念圖。直譯之後，3 種用法都會變成「擁有的 O 被～」。

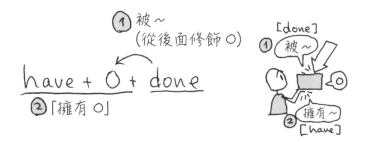

換句話說，這個過去分詞「done」可以當成形容詞用法的「被～」，從後面修飾 O（受詞）。然後就會「have」這個 O，也就是「擁有～」。

接下來就把前面提到的 3 個例句逐一直譯，同時畫成概念圖。

① 〈使役（委託）〉「請人幫忙做 O」

I had my bag carried to my room.

〔直譯〕「我『曾有個』被運送到我房間的包包。」

→「我請人幫忙運送包包到房間。」

有人幫忙運送包包，就會「『曾有個』被運送的包包」。包包不會在自己手上。

② 〈受害〉「O 被～」

I had my bag stolen.
〔直譯〕「我『曾有個』被偷了的包包。」
→「我的包包被偷了。」

被偷了的包包就不會在自己手上。其實這個 have 是「經驗～*」的意思。以說明的方式來翻譯，就會變成「我曾有皮包被偷的經驗」。

所謂的經驗，就是回顧已經發生過的事。因此，這個表現通常不會用在受害之後不久。

③ 〈完成〉「做完O」

Have your homework finished.
〔直譯〕「你擁有的功課要（靠自己）做完。」
→「把你的功課做完。」

做完功課之後，無論「（靠自己）做完的功課」是放在眼前，還是放在書包裡，你「擁有功課」的事實都不會改變。

---

*「經驗～」的 have——用在意外熟悉的表現。
ex. I have a headache.「我頭痛」，以及 We had a lot of rain last night.「昨晚下了很多雨」的「have」和「had」，就是「經驗」的用法。

【參考】get ＋ O ＋ done

　　附帶一提，get ＋ O ＋ done 也跟 have ＋ O ＋ done 一樣，擁有「使役」（委託）、「受害」和「完成」這 3 種用法，使用方式幾乎相同。

　　get ～「得到～」與 have ～「擁有～」的意義相近，難怪用法一致。我們就一併記住吧（「直譯」為「get 的 O 被～」）。

- **I got the carpet washed.**
  「我請人幫忙洗地毯。」〈使役（委託）〉
- **He got his tie caught in the door.**
  「他的領帶被夾進門裡。」〈受害〉
- **I will get the work done by tomorrow.**
  「我要在明天之前做完這份工作。」〈完成〉

5　say 與 tell，speak 與 talk

say 是「說」，tell 是「講」，speak 也是「講」，talk 還是「講」。

光是這樣背會搞不懂要怎麼區別。只要畫成概念圖，差異就能一目瞭然。

1 say

say ～「～說」會在表示一次又一次的發言時使用。概念就像是下面這樣，填入漫畫臺詞的「對話框」從嘴巴冒出來的感覺。

原則上會用在 SVO（第 3 句型）當中。

2 tell

tell 是「（對人）說（傳達）～」。雖然漫畫的「對話框」會跟 say 一樣冒出來，不過這個「對話框」會進化，這一點就跟 say 不同了。

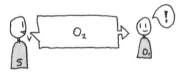

原則上會用在 SVO₁O₂（第 4 句型）當中。*

這裡的「進化」指的是從對話框冒出所謂的「箭頭」，表示資訊確實傳達給對話框當中的對方。

say 只是單純的「說」，就算用 to 傳達資訊給對方，也不會談到對方是否理解。

---

* 不過，這也會用在 SVO（第 3 句型）當中，像是 tell a lie「說謊話」或 tell the truth「說實話」等等。

反觀 tell 則是傳達資訊給對方，甚至包含讓對方理解的寓意。

確實傳達的 tell

學習如何轉換引述方式時，會像下面這樣練習改寫：

〈直接引述〉She said to me, "You look happy".
〈間接引述〉She told me that I looked happy.

　　換句話說，直接引述是 said to 人時，間接引述就必須改成 told 人 that 子句。

　　這時只要將 tell 用在 SVOO（第 4 句型），就會產生確實傳達資訊給對方的含意，這種感覺比較討人喜歡。畫成圖後就能清楚呈現差異。

3 speak 與 talk

　　speak 與 talk 都是「講話」，共通的概念大同小異 *。

---

*speak 是單方面說話，talk 則有跟對方交談的感覺。

兩者的特徵是雖然都是在講話，但具體來説講了什麼樣的話、甚至是講了什麼內容都不清楚。

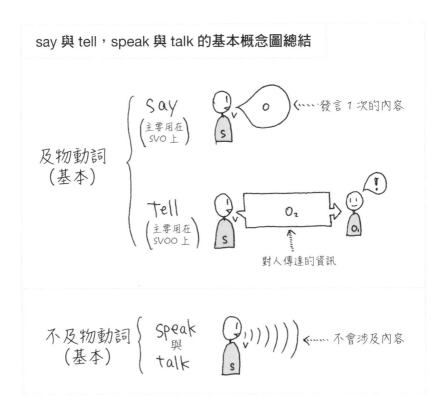

speak 與
talk 的
共通概念圖

不會涉及
內容

　　say 或 tell 都會清楚表示實際上説了什麼，這是跟 speak 和 talk 最大的不同之處。另外，speak 和 talk 基本上都是不及物動詞**，就如 speak to ～「對～説話」和 talk with ～「跟～對話（跟～交談）」一樣，使用時後面通常會跟著介系詞。

say 與 tell，speak 與 talk 的基本概念圖總結

及物動詞
（基本）

say
（主要用在
SVO 上）

発言 1 次的內容

tell
（主要用在
SVOO 上）

對人傳達的資訊

不及物動詞
（基本）

speak
與
talk

不會涉及內容

** 只不過，speak English 雖然是及物動詞，原則上卻不涉及具體的發言內容。另外，talk ～ in doing「説服人做……」也是及物動詞，但不涉及談話的內容。

　　「直接以Ⓐ為 O（受詞）之後，就會出現『恍然大悟驚嘆號Ⓟ』」。原則上，像 tell 這樣的及物動詞會直接作用於受詞對象上（或是有直接的關連）（➡文法篇，Chapter 13）。

　　及物動詞當中除了 tell 之外，還有 teach「教導」、warn「警告」、advise「勸告」、convince「說服」等有向人傳達資訊之意的動詞。雖然從翻譯上看不太出來，但這些動詞有著很重要的含意，那就是：

「假如帶有傳達資訊之意的動詞直接以Ⓐ為受詞，就表示這個Ⓐ對這項資訊瞭若指掌。」

　　也就是會明確作用於受詞的Ⓐ上。「從這麼簡單的架構，可以看出那麼深遠的意義嗎？」或許這看起來很不可思議，我們就來舉幾個例子說明吧。

Police warned people to step back.
　　　　　　　及物動詞　　Ⓐ

　　「警察警告人潮要往後退。」

　　warn「警告」這個傳達資訊的動詞是「及物動詞」，以Ⓐ people 為受詞。警告是在預期會有什麼危險時才會行使，假如沒有向人們告知危險就不算警告，因此Ⓐ會了解這項資訊（圖畫當中會將這種了解圖像化，使用「恍然大悟驚嘆號」Ⓟ」）。

I advised him not to eat too much.

及物動詞　　（人）

「我勸告他不要吃太多。」

　　勸告也一樣，假如對方不了解勸告的內容就不算勸告（會不會聽從則是另一回事）。

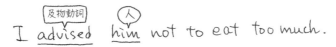

I talked my father into buying me a new TV.

及物動詞　　　　（人）

「我說服爸爸買新電視給我。」

　　既然要讓爸爸購買電視給我，「my father」就必須了解「我」話中的資訊。

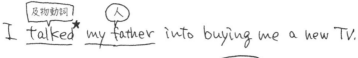

Tell me 「告訴我」

及物動詞 人

就連這麼簡單的句子也能清楚看出其含意。假如不了解話中的內容，「告訴」這件事就不成立。

【比較】〈apologize to 人 和 explain to 人 的理由〉

apologize 是「道歉」，explain 是「說明」，同樣都有向對方傳達資訊的寓意。然而，造句時不會採取 ×apologize 人 和 ×explain 人 的形式。

假如採取這個形式，就會像前面提到的 tell 和其他動詞一樣，帶有讓對方「恍然大悟」的含意，彷彿道歉後就能讓對方明白，說明後就能獲得對方的理解。

---

*talk 人 into ～ ing「說服人做～」（這個 into 是「變化」（➡介系詞篇，Chapter 5））。

但實際上就算道歉（說明），也多半不會獲得體諒。

因此，這 2 個動詞的受詞Ⓐ前面要放介系詞 to，消除直接作用於Ⓐ的感覺。

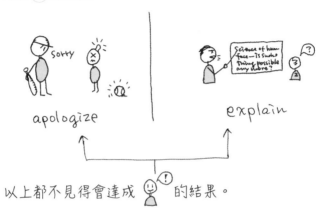

6　五花八門的「變成～」

英文當中翻譯為「變成～」的動詞有好幾個，其中尤以 become、get、grow、turn、fall、come 和 go 這 7 個特別重要。

就算翻譯過來都是「變成～」， become 除外的 6 個動詞都各有差異。只要掌握其中的感覺，就能更容易靈活運用。

1　become ～

become 是我們第一個學到有「變成～」的意思的詞彙，沒有特別明顯的差異。我們要把目標放在靈活運用後面提到的其他 6 個動詞上。

become 可以用於暫時性的「變成～」，也可以用於永久性的「變成～」上，且無論事情是好是壞都能使用。

暫時性　become ill「變得有病」
　　　　　become dark「變暗」
永久性　become a doctor「變成醫生」
　　　　　become part of the country「變成這個國家的一部分」

2　grow ～

grow 原本是「成長，發育」的意思。就如成長需要時間經過一樣，grow 的「變成～」帶有「隨著時間經過逐漸變化」的含意。

The sun grew hotter and hotter.
「陽光變得愈來愈熱了。」

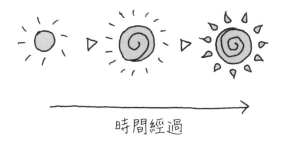

時間經過

As* time passed, he grew much richer.

「隨著時間經過，他變得更有錢了。」

3 get ～

get 原本是「取得～」的意思，直譯為「取得～（的狀態）」。取得東西是瞬間的狀態，所以 get 通常含有「暫時」的語感。

• **get tired「疲倦」**──疲倦是暫時的，只要休息就會恢復。

* 這個 as 是連接詞「隨著……」。

- **get angry「生氣」**——生氣通常也是暫時的，不會 24 小時都在生氣。

- **get married「結婚」**

舉辦婚禮只要 1 天，所以是暫時的。從第 2 天起就是 be married「已婚」（➡ P.077【比較】「get 與 be」）。

- **get strong「變強」**——強弱時常在變化。另外，強弱也會因對手而異。換句話說，就是暫時現象。

• get nervous「擔心（焦急）」

跟 angry 一樣，人類的感情會不斷變化。換句話說，就是暫時現象。

• get cold「發冷」（≒ feel cold）

說到「好冷」的時候，指的就是開始感冒寒冷的一段期間。換句話說，就是暫時現象。

• get to「抵達～」

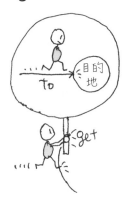

to ～的概念就如下圖所示，是「到達（了）目的地的箭頭」（⟹介系詞篇，Chapter 3）。

將這張概念圖與 get ～的「變成」搭配之後，就是「到達了（目的地）的狀態」。「抵達～」是一瞬間的事情。換句話說，就是暫時現象。

這裡先總結用到 get 的常用表現概念圖，主要是表示移動。

- **get in** 「進去裡面」（變成 in 的狀態）

- **get out** 「出去外面」（變成 out 的狀態）

- **get away** 「逃走」（變成 away 的狀態）

- **get on** 「上車」（變成 on 的狀態）

- **get off** 「下車」（變成 off 的狀態）

- **get up** 「起床」（（身體）變成 up 的狀態）

【比較】get ～「變成～」與 be ～「是～」

使用「變成～」get 與「是～」be 的類似表現如下：

get dark「變暗」 be dark「黑暗」	get ready「準備」 be ready「準備好了」
get anxious「變得不安」 be anxious「不安」	

前面提到的形容詞 * 當然也有相同的用法。

get tired「疲倦」 be tired「正覺得疲倦」	get angry「生氣」 be angry「正在氣頭上」
get married「結婚」 be married「已婚」	

---

* 包含過去分詞的形容詞用法。

其實兩者的用法截然不同。只要使用圖表畫成概念圖，差異就會一目瞭然。

首先，為了單純說明起見，要將變化的階段區隔成2個，分別代表「某個狀態」與「標準以下的狀態」。

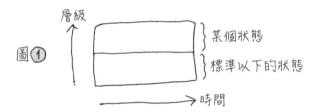

接著就把「變成～」get 的概念圖套用到這裡。

既然 get ～是「變成～」，就表示代表變化的箭頭前端到達了「某個狀態」，變成那個狀態。

其次，be ～「是～」則代表某個狀態不斷延續，畫成圖後就如下所示：

最後，將圖②與圖③的概念「合體」，讓箭頭連接之後，就會變成如下的概念圖：

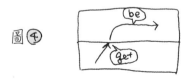

以這樣的形式呈現後，就能顯現出 get ～和 be ～的差異。

下列是前面提到的表現，我們就來確認一下用在圖④上的概念吧。

• get dark「變暗」與 be dark「黑暗」

• get ready「準備」與 be ready「準備好了」

• get anxious「變得不安」與 be anxious「不安」

• get tired「疲倦」與 be tired「正覺得疲倦」

• get angry「生氣」與 be angry「正在氣頭上」

• get married「結婚」與 be married「已婚」

married { be married →

not married { ↗ get married

not married　get married　be married

turn

turn 原本是指「旋轉」。意思變化延伸後就會成為「改變方
向」→「（性質）變成～」。中文裡也會用「直率」或「扭曲」
來表示人的性格。

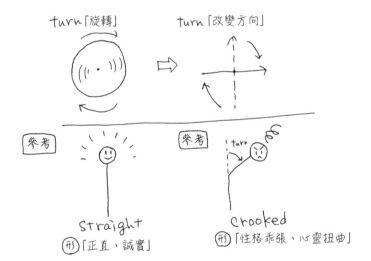

turn「旋轉」　　turn「改變方向」

參考　straight
形「正直、誠實」

參考　turn　crooked
形「性格乖張、心靈扭曲」

The weather suddenly turned cold.
「天氣突然就變冷了。」

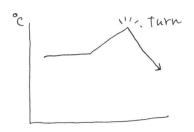

turn 特別常用在顏色的變化上。顏色也是性質之一。

The traffic light turned red.
「紅綠燈變紅了。」
She turned pale* with fright.**
「她怕得臉都發白了。」

> 無獨有偶，通過三稜鏡的光線折射（turn）之後，就會
> 分散出五花八門的顏色。

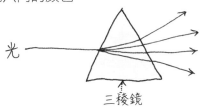

光 ────
三稜鏡

5 fall

fall 原本是「落入，落下」的意思。經常有接下來要落入某種
情況（變成～）的寓意。

• **fall asleep**「（酣然）入睡」
睡覺時會覺得自己彷彿下沉一般。

---

*pale「蒼白的，面如土色」，**fright「恐懼（感）」

絕對用得到的基本動詞

• **fall in love** （**with ～**）「愛上～，喜歡上～」
落入情網時，就會變得無法控制自己對吧？

「落入」→「陷入」

　　另一方面，「落入」有往下走，也就是狀態變糟的概念。「落入」和「陷入」在中文裡也是同義。能夠看出這項負面概念的有 fall of short ～「達不到～」、fall apart「碎裂」、fall ill「生病」、fall behind「落後」、fall victim to「成為～的犧牲品」等各種表現。

　　在此附上各個表現的概念圖＊和直譯，幫助各位理解。

＊ 原本的概念不見得都是往下掉，但為了好懂起見，就全部統一成落下的概念。

這段（長度）
很 short
「不夠長」

• fall short of ～「達不到～」

〔直譯〕陷入（fall）離～（of）（長度）不夠（short）（的狀態）。關於 of 可參照（⮕介系詞篇，Chapter 2）。

• fall apart「碎裂」

〔直譯〕陷入（fall）碎裂（apart）。

• fall ill「生病」

〔直譯〕陷入（fall）身體狀況差（ill）的狀態。

• fall behind「落後」

〔直譯〕落在（fall）（別人的）後面（behind）。

▷蟻獅

• fall victim to「成為～的犧牲品」

〔直譯〕淪落（fall）為（to）～的犧牲品（victim）。

另外還有一個也用到 fall 的重要慣用句，那就是 fall back on ～「依賴～（當作最後的手段），以～為最後的依歸」。

這句話的直譯是「落入（fall）＋後面（back）＋～的上面（on ～）」，能夠解讀出閉上眼睛任憑擺布的概念，怎麼看都像是「依賴～（當作最後的手段）」。

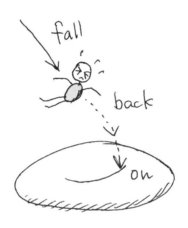

6 come 與 go

come「來」與 go「去」是成對的動詞，就「變成～」的意義而言也具備鮮明對照的性質。

（1）come 是可以解決

come 通常會翻譯成「來」，但在去對方所在地時就必須用 come。換句話說，come 不只是「來」，也經常有「現身（在對方所在地）」的意思。

以下為其範例。

I 'm <u>coming</u>.「我要過去囉。」
May I <u>come</u> to your office?
「我可以去你的辦公室嗎？」

說明 come 是現身在對方所在地的概念圖

去對方的所在地就是去對方的附近不遠處，可以將上面的概念圖「變形」如下：

去對方所在地→來到伸手可及的地方

去對方的附近不遠處，就是去對方伸手可及的地方。只要將 come 的意思轉換為「變成～」，「伸手可及的地方」就會變成「可以解決的狀態」。

來到伸手可及的地方→「實現」

「變成～」的 come 所蘊含的語感就是「可以解決的狀態」，
還請從下面的例句中體會看看。

- **come true**　　　　「實現（夢想）」
　　　　　　　　　　　（來到夢想伸手可及的地方）
- **come off**　　　　　「（鈕釦等物）脫落」
　　　　　　　　　　　「（油漆等物）剝落」　　　「朝可以（設
- **come loose***　　　「（螺絲等物）鬆掉」　　　法）解決的狀
- **come undone****　「（帶子等物）鬆開」　　　態變化」

（2）go 是不能解決

　　另一方面，go 不只是單純的「去」，運用時也常有「（從自
己的所在地）消失蹤影」的意思。

　　以下為其範例。
Where has my eraser gone?
「我的橡皮擦去哪了？」
Winter has gone. 「冬天走了。」

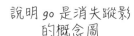

說明 go 是消失蹤影
的概念圖

*loose 形「鬆掉，沒有固定」，**undone 形「鬆開，解開」

消失蹤影就是去了伸手不可及的地方，於是 go 就成了「不能解決的狀態」。

消失蹤影→去了伸手不可及的
地方→演變成不能解決

go wrong
「出毛病」

去了伸手不可及的地方→演變成不能解決的狀態。在這個概念當中，go 通常伴隨著「一旦變成這樣，就不能解決（非常難或幾乎不可能恢復原狀）」的感覺。

還請從下面的例句之中體會看看。

- **go hungry**　　　「飢餓」
- **go mad**　　　　「（神智）瘋狂」
- **go blind**　　　「瞎掉」
- **go bad**　　　　「腐壞」
- **go astray**　　　「迷路」
- **go missing**　　「行蹤不明」
- **go wrong**　　　「出毛病，不順利」
- **go bankrupt**　「破產」
- **go extinct**　　「滅絕」
- **go gray**　　　「（頭髮）變灰」
- **go dead**　　　「（電話）不通」
　　　　　　　　　「（機器）停擺」
- **go to sleep**　　「（手腳）麻木」

7 take / bring / fetch / carry

　　take 基本上是「帶～去」，bring 是「帶～來」，fetch 是「（去）拿～來」，carry 是「運送～」，只要畫成概念圖再記住，就能更清楚意義的不同，更容易靈活運用。

　　take「帶（東西）去／帶（人）去」和 bring「帶（東西）來／帶（人）來」從含意就能看出是成對的動詞，畫底線的地方「去」和「來」碰巧包含了 go「去」和 come「來」的意思。

　　take 是從自己的家或活動的地方「帶～去」（→ go 所具備的「消失蹤影」概念），反觀 bring 則同樣是「帶～來」自己的家或活動的地方（→ come 所具備的「現身」概念）。

　　假如將 fetch「去拿（帶）～來」跟這個一起記住就會很方便。這個詞是表示空著手去，拿東西（帶人）來。

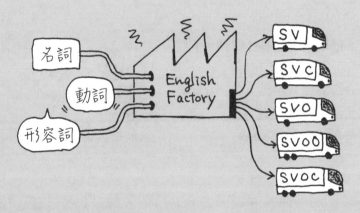

基本
文法用語
整理

光只有學習文法，也沒辦法精通英文；但只要打下紮實的文法基礎，就能夠在腦中將英文整理得井然有序。尤其靈活運用詞類（某個單字是什麼詞）和句型的關係更是重要。

然而，有很多人覺得文法很棘手，這也是事實。不過只要依照以下的順序研究文法，就能讓文法變得相當親切，也更容易吸收（這裡只會提到名詞、動詞、形容詞和副詞）。

首先要提出以下的問題：

「最早出現的是什麼詞？」

過去的聲音早已消失，正確的答案當然沒有人知道。

但我們可以試著推測一下。

最早出現的是什麼詞？

---

1 「最早出現的」是名詞？

語言的誕生是為了將要事傳達給對方。既然如此，「最早出現的」想必是代表切身的要事。

那麼最重要的事情是什麼呢？

很久以前語言誕生之際，沒有食物和水就活不下去。身邊的父母、配偶、孩子們及夥伴，也一定認為生存是要務。這些都是名詞。再者，生活所需的衣食住必需品皆以名詞表示。

因此我們可以說，語言有相當高的機率是從名詞發展而成。

生活當中不可或缺的東西統統是名詞。

名詞應該
最早出現

2　接著出現的是形容詞還是動詞？

那麼，下一個是什麼詞呢？這是比第一個疑問還要困難的問題。

既然形容詞是修飾名詞，名詞就一定要先誕生。所以接著出現的可能是形容詞。

形容詞修飾名詞→名詞要先誕生。

形容詞是
第 2 個出現？

不過，所有的句子（sentence）都有動詞，所以接著出現的也可能是動詞。

有些句子只要 SV 就能成立。
所有的句子都有動詞。

動詞是第 2 個
出現？

　　我們就以殘留在現代英文中簡單的文法形式為線索，試著推測一下問題的答案。

3　意外單純的文法基礎

　　首先是英文的 5 種句型，從第 1 句型到第 5 句型依序為 SV、SVC、SVO、SVOO 和 SVOC 這 5 種（參照下一頁的一覽表）。

　　然而，這 5 個句型的元素（句子元素）就只有 S〔主詞〕、V〔動詞〕、O〔受詞〕和 C〔補語〕這 4 種。

　　另外，句子元素的詞類方面，S 百分之百是名詞；V（當然）百分之百是動詞；O 也百分之百是名詞。算到現在竟然（！）就只有名詞和動詞這 2 種。

　　而在第 2 句型（SVC）和第 5 句型（SVOC）當中才會出現的 C（補語），則幾乎都是名詞和形容詞（或是當作形容詞的詞*）**。

* 包含現在分詞和過去分詞。分詞簡單來說就是「以動詞為基礎創造的形容詞」。

這也就是説，5種句型（幾乎）只需名詞、動詞和形容詞（或當作形容詞的詞）這 3 種詞類就可以成立。

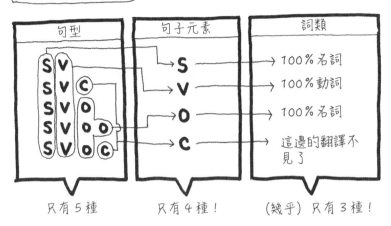

文法的基礎很簡單！

句型	句子元素	詞類
	S →	100％名詞
	V →	100％動詞
	O →	100％名詞
	C →	這邊的翻譯不見了

只有5種　　　只有4種！　　　（幾乎）只有3種！

因此，就算無法斷定形容詞和動詞孰先孰後，也可以推測名詞、形容詞和動詞這 3 種詞類比其他詞類先出現，構成了英文的基礎。

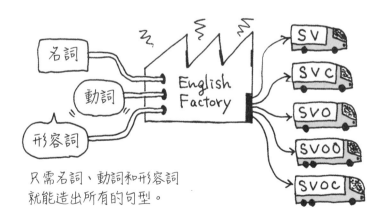

只需名詞、動詞和形容詞
就能造出所有的句型。

** 筆者認為應該將採用使役動詞的 SVO do，以及採取 tell 這類動詞的 SVO to do，當作是 SVO 的延伸。

4 副詞功能的 4 個模式

到目前為止的推測，我們可以用在此初次登場的副詞功能來證明。

不過，有很多人會說自己「搞不清楚副詞的功能」。就用以下的說明和圖畫來釐清觀念吧。

一言以蔽之，「形容詞修飾功能之外的修飾，都是由副詞負責」*。

首先就以簡單的例句來確認 4 個副詞的功能吧。

1. 修飾動詞

- She runs fast「她跑得很快。」
  動　　副

- He often goes to the park for a walk.
  副　　動

  「他經常去公園散步。」

2. 修飾形容詞

- She is very beautiful「她非常美麗。」
  副　　形

- It is extremely difficult to do so.
  副　　形

  「要那樣做會非常困難。」

** 副詞也會修飾連接詞，在此先略過。

3. 修飾副詞

· She sings <u>very</u> <u>well</u> 「她唱得非常好。」
        副   副

· He worked <u>so</u> <u>hard</u> 「他工作非常努力。」
          副   副

4. 修飾整個句子

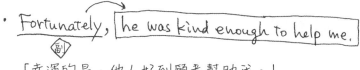

· <u>Fortunately,</u> he was kind enough to help me.
       副

「幸運的是，他人好到願意幫助我。」

· <u>Surprisingly,</u> She has done it all by herself.
        副

「驚人的是，那是她一個人做好的。」

在此試著把 4 個修飾模式變成設計圖吧。以箭頭表示修飾的功能後，就可以看出副詞的修飾模式如上所列有 4 種，從副詞伸出 4 道箭頭。以下為概念圖。

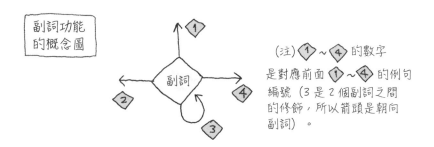

副詞功能的概念圖

副詞

(注) ①～④ 的數字是對應前面 ①～④ 的例句編號（3 是 2 個副詞之間的修飾，所以箭頭是朝向副詞）。

另一方面，形容詞只會用來修飾名詞，代表修飾功能的箭頭只有 1 道。概念圖就如以下所示。

就如前面所言，句子是由名詞、形容詞和動詞這 3 種詞類組成。因此，我們可以設法將詞類的修飾關係畫得淺顯易懂，把圈起這 3 種詞類的線條視為「句子」。

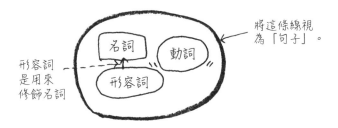

接著，將表示副詞功能的「副詞功能概念圖」套用在這張圖之後，如下所示。

〈詞類關係圖〉

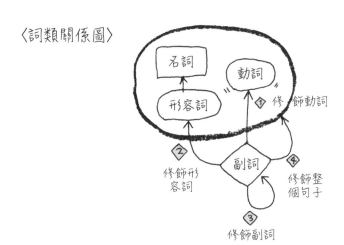

這麼一來就可以明顯看出，副詞是用來修飾所有形容詞不會修飾的東西。

副詞能發揮這樣的功能，前提就在於副詞以外存在著名詞、形容詞和動詞。

這也就是說，先出現的果然還是名詞、形容詞和動詞，然後再以副詞添加語感*，接著才誕生了介系詞和連接詞，讓人們得以不斷造出複雜的句子。

就像這樣，光是在腦中想像名詞、形容詞、動詞和副詞的關係，應該就能稍微消除心中的迷茫了吧。

---

*副詞的「副」也有「添加」的意思。

【附錄】「形容詞小弟」與「副詞小弟」

　　為了幫助理解，這裡直接將形容詞的功能和副詞的功能
擬人化，希望有助於各位整理知識。

形容詞小弟　　　　　副詞小弟

形容詞只會　　　　　副詞有4種
修飾名詞，　　　　　修飾方法，
「箭頭」有1條。　　　「箭頭」有4條。

嗚哇！

a hand mirror
「手鏡」

　　將這2個擬人化吉祥物套用在前面提到的「詞類關係圖」
之後，就會如下所示：

副詞子句
的奇特之處

1 副詞子句的奇特規則
—— 即使是未來的事情也要用現在式的動詞

學習英文之後，有時會遇到奇特的規則，真是傷腦筋。其中具代表性的規則如下：

副詞子句當中 ＊，即使是未來的事情也要用現在式的動詞。

通常我們會認為「未來的事情用『未來助動詞will』就好了」。為什麼會有這樣的規則呢？

1 80%的 will

其實，「未來的will」有「大約80%的機率會發生」的含意在，無法斷言未來100%會發生。80%的機率會發生，換個說法就是有20%的機率不會發生。

反觀不使用 will，單純現在式動詞的情況是怎麼樣呢？

現在式動詞代表現在的事實。不管是誰看到事實都不會懷疑，所以沒有 will 那種含糊的感覺。

將不同之處畫成概念圖後如下所示：

＊ 主要是 if 或 when 的後面。

所以，要是以 if he will come 表示「如果他會過來」，就會變成「如果他有 80％的機率會過來」，產生模稜兩可的感覺。換句話說，就是代表「他有 20％的機率『不會過來』」。但如果想表示「如果他會過來」，就不應該有「他不會過來」的意思。

if he will come

有點含糊的
感覺

2 100％的現在式

既然如此，我們就試著不要使用 will，而是用現在式寫出 if he comes。這樣一來就能發現，現在式是用來表事實的文法形式，其實就能帶來「『如果他過來』成為事實（成為現實）」的效果。

既然「他過來」會成為事實，用 if 表示條件就能帶來明確的感覺。這種明確感在忌諱含糊的英文當中很受歡迎。

---

*do（does）是用來代表現在式。

明確的
感覺

以下舉出幾個 if 子句以外的例子，讓概念變得更加清楚。

✕ **I'll never give up until I will win.**
80%

I will win
含糊

○ **I'll never give up until I win.**
100%

I win
明確

「我絕不會放棄，直到我贏了為止。」
（←直到勝利變成事實為止絕不會放棄。）

✕ **The sun will have set**
  by the time* you will get there.
80%

○ **The sun will have set**
  by the time you get there.
100%

you will get there
含糊

you get there
明確

「太陽將會在你抵達那裡的時候下
沉。」
（直譯「等你真的抵達那裡的時
候，太陽就下沉了」。）

*by the time... 「到……的時候」。緊接在 the time 後面的關係副詞 when 被省略了。

✕ **Tell me when it will start to rain.**
　　　　　　　　　80%

◯ **Tell me when it starts to rain.**
　　　　　　　　　100%

「請在開始下雨時告訴我一聲。」
（直譯「當雨真的開始下的時候，請告訴我。」）

2　「既定未來」的現在式

　　前面談到 if 子句、when 子句和其他副詞子句中現在式動詞所具備的概念，但其實還有一些模式會避免 will 帶有的「80％」感覺，使用現在式表示未來的事情。

　　接下來舉出的重要表現例句 * 中，反映了想要（希望）未來能 100％確定的感覺，以現在式表示未來的事情。還請以「既定未來」的感覺，反覆體會這些現在式動詞（ ～～～ 的部分）。

---

* 下一頁例句①～③的 that 子句都是名詞子句。

① **see to it that...**　「別忘了……」

See to it that breakfast is ready by seven tomorrow morning.
100%
「別忘了在明天早上 7 點準備好早餐。」

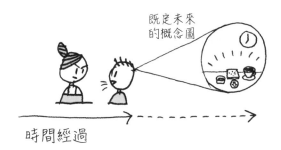

既定未來
的概念圖

時間經過

② **make sure (that)...**　「確保能……」

She always leaves home early to make sure that she arrives in time*.
100%
「她總是很早出門,以確保能及時抵達。」

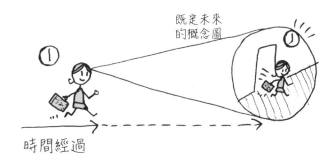

既定未來
的概念圖

時間經過

*in time「及時」

③ ensure that...　「必須……，保證……」

Ensure that you eat fresh fruit and vegetables.
100%
「你必須要食用新鮮的水果和蔬菜。」

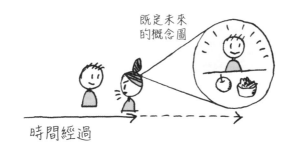

既定未來
的概念圖

時間經過

以下的類似範例也是使用「既定未來」現在式慣用語。

I hope you like this.
100%
「我希望你喜歡這個。」

I hope you get better soon.
100%
「我希望你趕快好起來。」

I hope you don't mind.
100%
「我希望你不會介意。」

另外，貼在地下鐵車門的標示會寫著這樣的英文。

Take care that your hand does not get caught in the door pocket.
100%
「小心別被車門夾到手。」

關 係 代 名 詞
的 概 念

1 關係代名詞的「限定用法」（限制用法）

在英文課第一個學到的關係代名詞用法，稱為「限定用法」（限制用法）。

單從「限定」這個詞來看也很難了解是什麼意思，但只要將關係代名詞的功能畫成概念圖，就能融會貫通。

我們就馬上使用例句來説明吧。

I know a boy.
「我認識一個男孩。」

這裡的 a boy 完全看不出是哪裡的哪個男孩。

因此，這個 boy 要當成先行詞，接上關係子句。

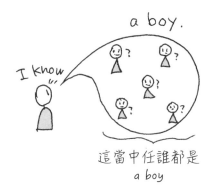

這當中任誰都是 a boy

先行詞

I know a boy who is good at playing kendama*.

「我認識一個擅長玩劍玉的男孩。」

這麼一來，原本籠統泛指 boy 的字意會出現限定的意思，將 boy 的範圍縮小，就可以確定是哪個男孩。

---

* 為了讓句子的結構淺顯易懂，關係子句會用 ☐ 框起來。

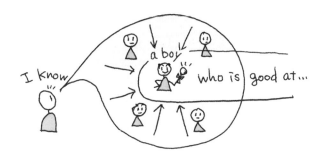

就像這樣，限定用法的關係代名詞會如圖中的箭頭所示，縮限先行詞所帶有的意義，能夠讓意思變得更明確。

籠統　　　　　　明確

我們再舉一個例子。

先行詞
The boy [who lives next door] is very cheerful and friendly.
「那個住在隔壁的男孩非常快活和友善。」

光是以「the boy」指稱「那個男孩」，就會跟前面的「a boy」一樣，不曉得是眾多男孩當中的哪一個。不過只要在後面緊接著 who，就會有限定（限制）的意思，將概念限縮於「住在隔壁」的特定男孩。

2　關係代名詞的「非限定用法」（連續用法）

　　如前所述，關係代名詞能用來限定意義，前提則是先行詞會有好幾個類似的東西存在。前面所舉的例句也是如此，boy 有各式各樣的人，但不會有 2 個完全相同的 boy。

　　然而，以下例句的情況就不同了。

I met Mary, who wanted to go shopping.
with you.　　← 注意這裡

「我見到瑪莉，她想要跟你去購物。」

　　「I」說話者認識的「Mary」，在世界上就只有這一個。這就表示限定用法時會出現的「限定箭頭」不會出現。逗號（comma）會緊接在先行詞後方，以凸顯沒有限制，這就是非限定用法。

Mary 只有 1 個人，
不能限定。

I met Mary, who wanted To go shopping with you.
這個 comma 的功能是防止限定。

我們再舉一個例子。

He has three sons, who became doctors.
「他有 3 個兒子，他們*（3 個人都）成了醫生。」

　　這個句子前半到逗號（comma）為止的「3 個兒子」是既定事實，就算後面放了 who，也不會限制其意思。

---

* 非限定用法的關係代名詞多半會被翻譯出來，好讓句子變得自然。

兒子只有 3 個人，
不能限定。

然而，假如是 He has three sons who became doctors.，who 就會發揮限定（限制）的作用，變成以下的概念圖，除了這 3 個兒子之外還有其他兒子。

這裡是
限定用法

(his)
sons
全體

three sons

3　能夠省略的關係代名詞

想必大家都知道受格的關係代名詞能夠省略的文法規則。不過各位想過「為什麼是受格」嗎？

其實除了受格的關係代名詞之外，還有幾個省略關係詞的模式。只要畫成概念圖，就可以輕鬆歸納和記住。

首先要以使用受格關係代名詞的例句，確認句子的結構。

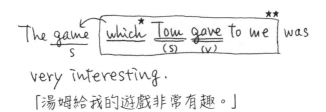

「湯姆給我的遊戲非常有趣。」

which 原本是 gave 的受格，緊接在先行詞的後面，發揮作用將關係子句和主要子句連結起來。

我們先來複習句子的架構吧（覺得不需要的人可以略過這部分）。

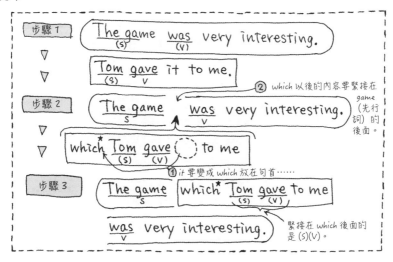

---

* 美式英文中則用 that。
** 為了讓句子的結構淺顯易懂，關係子句會用 ▭ 框起來。

就像這樣，受格的關係代名詞原本是句中的受詞，出現在關係子句中 (S) (V) 的前面，變成了 which。如此一來，(S) 和 (V) 就一定會緊接並列於 which 之後。

(S) (V) 引人注目！

這裡是關鍵所在。主詞 (S) 是所謂「意思上的主角」，使用「主」這個字也是可以想見的。

那麼動詞 (V) 又是如何呢？說到動詞 (V) 就是「文法上的主角」，因為動詞會決定句子的型態（句型），句子一定會包含動詞。

將 S 這個「意思上的主角」與「文法上的主角」V 並列後，會產生什麼樣的效果呢？

既然 SV 這兩個都是「主角」，並列之後一定會非常「引人注目」。舉例來說，就是像國王（king）和女王（queen）並列一樣。

king 和 queen 並列就會引人注目！

因此，如果相當引人注目的 S 和 V 並列在句中，我們就能明確得知句中句的子句開頭位在什麼地方。這麼一來，就算省略兼具連接詞功能的受格關係代名詞，也不會讓句子結構變得難懂。

p.113 介紹的句子會替 SV 和 (S) (V) 添加「國王」👑的記號和女王👑的記號。就算省略 which 也不會變得太難懂，還請對照看看。另外，關係子句中的 S 和 V 會加上括號。

The game Tom gave to me was very interesting.

所以我們可以說，只要確實掌握句子中的 S 和 V，閱讀英文就會變得很容易。

後面再舉 2 個例子。請確實掌握 S 和 V，再次確認它們的重要性吧。

There is nothing you need to be afraid of.

「你完全不必害怕。」

（注）There 在文法上不是 S，但一定會在句首，所以為了方便起見，在這裡將其當作 S 來看。
∧ 記號的地方省略了受格的關係代名詞。

He is a person I want to work with.

「我想要跟他這個人一起工作。」

省略單純連接詞 that 的情境，也跟受格的關係代名詞一樣。就算沒有 that，句子的結構也不會很難懂。

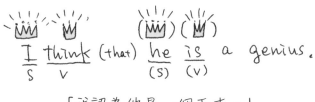

「我認為他是一個天才。」

受格以外可以省略的關係代名詞

　　以下會列舉受格以外可以省略的關係代名詞。 (S) (V) 會緊接在後面並列，還請對照看看。

① 關係代名詞是 be 動詞的補語時

He is not the man (that) he used to be.
S V (S) (V)

「他不是以前（過去）的他了。」

② 關係代名詞後面緊接著 I think 或類似子句時

She is the last person (that) I think
S V (S) (V)

will betray you.

「我認為她絕不會背叛你。」

　　這個句子是 She is the last person. ＋ I think (that) she will betray you.。

③ 關係子句當中有 there be 時

She took every chance (that) there was.
S   V   (S)* (V)

「她利用了所有（存在）的機會。」

就像這樣，只要明白「句子中有 (S) (V) 並列，句子的結構就不難懂」，就能輕鬆記住所有省略關係代名詞的模式，包括省略單純的連接詞 that 在內。

4 先行詞是人卻不能用 who ！

接下來要談的英文先行詞是 woman。woman 是人類，關係代名詞似乎也可以用 who，但這時必須用 that 而不用 who。

She is not the woman that she was
〈先行詞〉 ×who
when I first met her.

「她已經不是我第一次見到時的她了。」

以前   現在

---

* 為了方便起見，這個 there 要當作 S 看待，就跟前面提到的一樣。

文法上認為「相當於 be 動詞補語（C）的關係代名詞，就算先行詞是人類也會用 that」。然而，單憑這段說明感覺還是搞不懂。

　　說起來 who 原本在疑問詞中就是「誰（？）」的意思。只要想到「誰？」，就會想像那個人的全貌，也就是包含那個人的身心靈、精神等其他東西在內。關係代名詞也會想像先行詞這個人的全貌，跟疑問詞沒有兩樣。

　　然而，這個例句的內容是第一次見到時的她（下圖1）隨著時間經過，她的人格和本性改變，（簡直）判若兩人（下圖2）。

（圖1）　　　（圖2）　　使用俄羅斯娃娃的概念圖來說明。

　　這也就表示先行詞 woman 並非她這個人的全貌，而是當時她全貌的一部分。

當時的她是她全貌的一部分。

　　所以，才會使用先行詞是人或物都能用的 that 來代替，而不是使用想像整個人全貌的 who，只要這樣想就能輕易理解。

　　不過如果用 which 代替 that 就行不通了。雖說是人的一部分，卻會有不把人當人看的感覺，並非理想的選擇。

我們再舉出 2 個例句。

- **I'm not the man (that) I was.**

  「我不再是以前的我了。」

- **He is not the fool (that) you thought him.**

  「他不再是你以前所認為的笨蛋了。」

  （← think A (to be) B「認為 A 是 B」）

如上，主要用於內容在描述某個人跟以前（過去）的那個人不同的時候。

為求慎重起見，這裡會先說明上列例句的架構。覺得不需要的人可以略過此處。

前面的例句，是以關係代名詞結合以下
2 個句子。

1 {
She is not the woman.
She was the woman when I first met her.
}
①上與下的「the woman」代表同一個人。

2 {
先行詞

She is not the woman.

that she was [the woman] when I first met her.

② 將第 2 個 the woman 變成關係代名詞搬到句首。

3 {
先行詞

She is not the woman

that she was when I first met her

③ 讓關係代名詞 that 以後的「關係子句」緊接在先行詞的後面。

4 {
She is not the woman that she was

when I first met her.

④ 完成！

120

Chapter

8

談談
a 與 the

a 可以翻譯成「1 個」，the 可以翻譯成「那個」，但在許多情況下不會特別翻譯出來，比較難掌握其概念。這裡將會明確分析各個基本概念。

1　a 的基本概念

　　a 基本上指的是數「1 個、2 個」時，同樣東西當中不特定的 1 個。

　　我們就以球為例來看看用法。

　　只要是 1 顆，無論什麼樣的球都可以用「a」指示。這也就是說，既然大小和形狀都沒有規定，將上面這些球的概念圖重疊之後，就會如下所示：

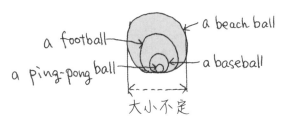

　　所以，只加 a 通常就是大小不定。

2　the 的基本概念

　　反觀 the 則是指特定的「那個」東西。假如東西有 1 個，就表示在世界上只有唯一 1 個 *，假如有 2 個，就表示除了那 2 個之外就沒有別的了。

the door of the house

「那棟房屋的（那扇）門」
這棟房屋的門就只有這扇
→世上唯一 1 個

the two wheels of the bike

「那輛自行車的（那）2 個車輪」
這輛自行車上只有 2 個
→唯二的 2 個

假如這時只注意上述的 the door 和 the wheels⋯⋯

the door

從這裡　到這裡

the two wheels

從這裡　到這裡　從這裡　到這裡

---

* 所以，既然真相只有 1 個，「説真話」時就是 tell the truth。既然謊話有很多個，那麼「説謊話」就是 tell a lie。

既然是特定的東西，就會是有形的東西，即使無法正確描述長寬，也可以說得出「從這裡到這裡」。因此加 the 之後大小就會固定，跟加 a 時完全不同。

所以，釐清 the 具備的概念之後，以下的規則就會生效：

說得出「從這裡到這裡」的東西要加 the。

這項乍看之下古怪的原則會通用到什麼程度，請閱讀以下的說明來確認吧。

3　the earth 與 earth

the earth 是「地球」。就算不知道正確的大小，說到地球時腦中就會浮現整顆地球。換句話說就是從頭到尾，也就是能下意識地想像出「從這裡到這裡」。

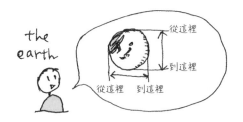

那麼，當去掉 the 變成 earth 後，意思上會有什麼變化呢？earth 主要是用來表示「（土）地，地面／土」的意思。腦中浮現地面和泥土時，就不會想像「從這裡到這裡」對吧？

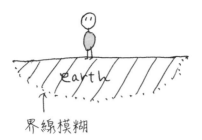

界線模糊

不過，如果是與「天空」相對的「地（面）」就是 the earth。天空和地（面）看起來都只有 1 個。

看起來都只有 1 個

4　替無形的東西加上 the 的時候

　　無形的水、空氣和其他類似的物質名詞，形狀會因為容器和器皿而固定下來。

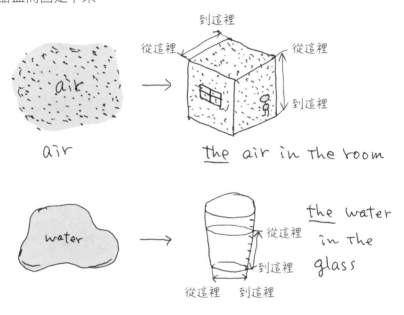

　　而時間這種沒有明確界線的東西，如果嵌入「時間的框架」中，也會加上 the。

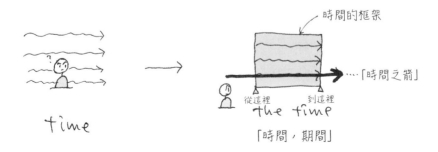

5 「從這裡到這裡」的表現

1 The 比較級 ..., the 比較級 ...
「愈……愈……」

The 比較級 ..., the 比較級 ... 這樣的句型，只要參照「説得出從這裡到這裡的東西要加 the」的原則，就能變得淺顯易懂。

The more you learn, the more you will understand the world.
「你學得愈多，你就了解世界愈多。」

第 1 個 The 直譯後是「這些」，第二個 the 則是「那些」，所以也可以翻譯成「你學得比這些多，你對世界就了解得比那些更多」，畫成概念圖之後就能一目瞭然。

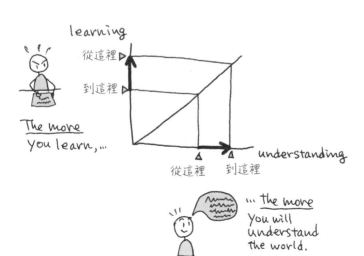

2 all the 比較級 because [for]...

「愈……愈……」

I love him all the more because he is intelligant.

「因為他很聰明,所以我愈來愈愛他。」

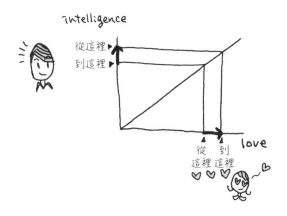

3 nevertheless 「不過」

My grandfather is past eighty.
Nevertheless, he is still physically active.

「我的祖父超過 80 歲了。不過,他仍然積極活動身體。」

　　nevertheless 能夠分解成 never + the + less,直譯就是「絕不會(never)比這些(the)還要少(less)」。

　　畫成概念圖如下所示:

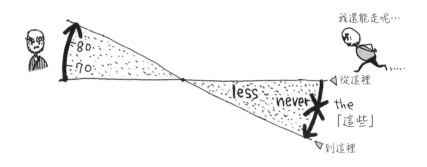

80

70

less never

the 「這些」

◁從這裡

▽到這裡

the ＋形容詞 「～的人們」

the rich = rich people 「有錢的人們」

然而，假如 people 是 2 個人，就可以説 two people， people 所具備的人數概念非常廣泛。

people

two people

people 能夠表示的人數
範圍很大

不過再重申一次，the 經常伴隨著「從這裡到這裡」的概念。
因此 the rich 的概念其實是如下圖所示：

談談 a 與 the

1
2
9

《朗文當代高級辭典（第三版）》對 the ＋形容詞的定義如下（節錄部分內容）：

all the people who that adjective describes
「那個形容詞描述的所有人」（底線與譯文為筆者所加）

「all the people」是「所有人」，指「全體人員」。所以會如右圖所示，能夠解讀成「從這裡到這裡」。

6 3 個「the ＋複數名詞」

the alps 是「阿爾卑斯山脈」，the Philippine Islands 是「菲律賓群島」，the Tanakas 是「田中家」。這 3 個名詞光從譯文來看找不出任何共通點，但若畫成以下的概念圖，就會變得極為相似，也可解讀出 the「從這裡到這裡」的含意。

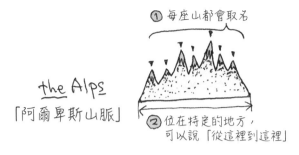

the Alps
「阿爾卑斯山脈」

① 每座山都會取名

② 位在特定的地方，可以說「從這裡到這裡」

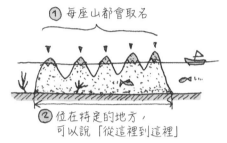

the Philippine Islands
「菲律賓群島」

① 每座山都會取名

② 位在特定的地方，可以說「從這裡到這裡」

the Tanakas
「田中家（的人們）」

① 每個人都有名字

② 居住的地方可以特指「從這裡到這裡」

　　單從字面來看會覺得這 3 個字彼此不相干，但畫成圖後就會發現概念相同。

7 不加 a 也不加 the 的名詞 ── part I

　　只要釐清不加 a 也不加 the 的名詞概念，就能讓 a 和 the 的概念更加明確。與其硬背下來，不如將概念釐清，思路更能豁然開朗。

　　從到目前為止的説明可得知，加上 a 或 the 的名詞原則上都是「有形的東西」。另一方面，在不加 a 也不加 the 的名詞當中，下列幾個是比較熟悉的例子：

- **love、peace** 等抽象名詞
- **soccer、tennis** 等運動的名稱
- **breakfast** 等一般的餐點
- **school、church** 等機關或組織擁有的機能（功能）

　　下面就來將它們一個個圖像化，確認這些都是無形的東西吧。

① love、peace 等抽象名詞 *

　　抽象名詞簡單來説，就是腦海裡的想法、心靈的狀態或感覺。這些全是看不見、無形的東西，因此不加 a 也不加 the。

love 和 peace
都是無形的東西，
看不到也摸不著

---

*其他抽象名詞還有 experience「經驗」、difficulty「辛苦、困難」、kindness「仁慈（心）」、success「成功」和 progress「進步」等等。另外，假如是像 the concept of human rights 這樣在後面接上 of ～的限定用法，就會變成特定對象，要加 the。

② soccer、tennis 等運動名稱

運動不可或缺的是規則、競技場、從事運動的選手，以及球、球拍和其他器材。不過，最重要的是選手遵守規則，試圖贏過（或不輸給）對手的運動家精神。如果將這整體都視為運動，運動就可以說是一種沒有固定形式（無形）的東西。

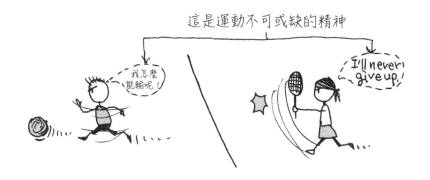

③ breakfast、lunch、supper、dinner

恐怕沒有人天天用餐時剛好都只吃同樣的東西吧。每次進食的內容和分量會改變，沒有固定形式（無形），所以不會加the*。

---

* 不過假設加上形容詞，例如：a light breakfast「輕食早餐」、a quick lunch「簡便午餐」和an excellent dinner「豐盛晚餐」，就會產生「一餐」的感覺，要加上「a（an）」。這就類似於不可數名詞 metal「金屬」加上形容詞後，就會產生「一種」的感覺，變成 a heavy metal「（一種）重金屬」。

④ school、church 等機關或組織擁有的機能（功能）

　　「上學」會以 go to school 來表示，school 不加 a 和 the。其實這裡的「學校」（school）代表的並非學校的建築，而是學校的功能。涵蓋了老師教授的內容，以及學生從中學習的內容。既然是在腦海與心智中形成的東西，就不只侷限於眼前可見的事物→無形→不加 the。

　　go to church「上教堂」的 church 也可以用同樣的觀點來說明。「上教堂」並非單純去教堂的建築，而是為了出席教堂當中進行的儀式（ceremonies）。教堂具備的功能（機能）是無形的東西，所以不加 the。

　　in prison「坐牢（服刑）」的 prison 也一樣。寫成 the prison 就會是有形的東西，也就是只代表監獄這棟設施（建築）。監獄的目的是讓犯罪的人更生。這項機能（功能）是無形的東西，所以不加 the。

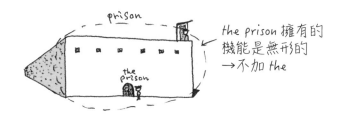

8　不加 a 也不加 the 的名詞 ── part II

　　「無形的東西」不僅限於以上的名詞。出乎意料的是，在我們熟悉的事物當中，也有許多形體不明確的東西。

① by phone　（與 on the phone 比較）

　　by phone（或 by telephone）和 on the phone 都會翻譯成「在電話上」，卻很難分辨要加 the 還是不加。

　　by phone 不加 the，就會有無形的感覺。畫成圖後如下所示：

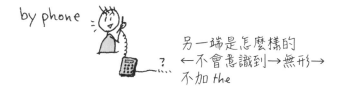

　　單憑家裡的電話（機）無法與人交談。必須透過電話線跟中繼站或電話臺連接，然後才能再連接到對方的電話。

　　不過，很少人知道電話線的另一端是怎麼樣的，通常也沒有必要知道。這就表示電話並非有形的東西，並不是說得出「從這裡到這裡」的東西，所以不能加 the；當然，也不能加上表示「一個」的 a。

另外，by 基本上是「～的附近」的意思（ ➡ 介系詞篇，Chapter 10）。如果只意識到自己的附近，就不會意識到電話線的另一端。

另一方面 on the phone 就會加上 the。這取決於看電話的角度不同，所以會產生這種差異。如果將電話視為聯繫世界的一個網路（通訊網），因為照理來講就只有這麼一個網路（要是分成兩個就太不方便了），所以才需要替世界唯一的東西加 the*。

the phone 是
聯繫世界的
一個網路

還有，這個 on 是用來表「接觸」的 on（ ➡ 介系詞篇，Chapter 7）。因為用電話交談時會接觸耳朵。

② go to bed

go to bed 是「去睡覺，就寢」的意思，不會翻譯成「去床上」。另外，「（在床上）睡覺」時會說 in bed，這裡的 bed 也不加 a 或 the。這就類似於前面的 by phone 不加 the。

如同前面的說明，by 原本是「～的附近」的意思。因為只意識到附近，所以感覺不出 phone 是有形的東西。那麼，（在床上）睡覺時是怎麼樣呢？當蓋在床鋪上面的床墊或毛毯裹住身體時，

---

*世上只有唯一的東西要加 the。例如：the earth「地球」、the world「世界」、the moon「月亮」、the sun「太陽」。因為獨一無二，所以從一開始就是指定對象。

你並不會特別意識到床腳或床頭板（床鋪頂端的板子）。換句話說，bed 對睡覺的人來說就只是包裹身體的地方，沒有特定的形體。

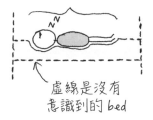

對睡覺的人來說的 bed

虛線是沒有
意識到的 bed

然而在以下的句子當中，看 bed 的立場就改變了。

• **He threw himself on the bed.**

「他撲到了床上。」

• **put a new pillow on the bed**

「放一個新枕頭在那張床上。」

　　這兩個句子都不是把 bed 當成接下來要睡覺的地方。也就是將視角放在 bed 之外，產生了 bed 有特定形體的感覺，所以要加上 the。

③ by car

只要應用以上觀念，就可以明白 by car「在車上」為什麼不使用 a 或 the 了。

a car 因為加了 a，會有數數的感覺。

• He arrived in a car.

「他搭車抵達了。」

這一句是在描述從車外人的視角看到的樣子。

這個情況感覺上顯然是看到「一輛獨立的車」，car 當然要加上 a。

另一方面，by car「在車上」則同於 by phone 的 by，搭乘者只會意識到自己的附近。這裡的「車」只限於自己附近、那輛車的一部分，而且沒有特定的形體。

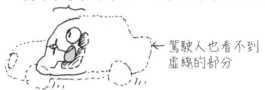

對搭乘者來說的 car →形體不定的部分車輛

←駕駛人也看不到
虛線的部分

Chapter

9

比 較 的
重 點

1 no ＋比較級＋（...）than ～的句型

採用「no ＋比較級＋（...）than ～」形式的片語，是大學入學考試中經常出現的重要表現。其中具代表性的為以下 4 項：

> ① **no less than ～**　　「至少～」
> ② **no less... than ～**　「……不亞於～」
> ③ **no more than ～**　　「只有～」
> ④ **no more... than ～**　「就如～不是……一樣，這個也不是……」

竟然有這種事！這 4 項在文法上同樣是「no ＋比較級＋（...）than ～」的形式，翻譯起來意思卻大相逕庭，乍看之下也沒有任何共通點。為什麼呢？

1 no ＋比較級＋（...）than ～是「相同」的概念

「no ＋比較級＋（...）than ～」的同類句型當中，還有另一個常用的是「no sooner... than ～」（剛……就～）。只要理解這個句型，就能理解辨別的關鍵，區分上述容易混淆的①～④。

No sooner* had the idea occurred to him than he went out of the room.

「他剛想到這個點子，就走出了房間。」

---

* 這個句子是將否定詞搬到句首的「倒裝句」（📖 文法篇，Chapter 11）。一般的語序如下：The idea had no sooner occurred to him than he went out of the room. 實際上 occur 是在不久之前，要使用過去完成式（had occurred）以表示比 went（過去式）還要早。

有時母語使用者會將這個句型改寫成以下 as soon as ~的句型：

As soon as the idea occurred* to him, he went out of the room.

「他剛想到這個點子，就走出了房間。」

as soon as ~是「剛……就~」，指2件事情「（幾乎）同時」發生。

反觀「no sooner... than ~」的 soon 則是「不久」，直譯為「沒有（no）比~更不久（更之後）」，表示兩件事同時發生（參照 p.146 的專欄）。

到頭來，就算這2種表現形式不同，所表示的內容也幾乎一樣。**

「no ＋比較級 ＋（...）than ~」能夠像這樣改寫成 as ~ as...，因此可以說，①~④的片語和 as ~ as... 具備了相同的基本概念（as ~ as... 是表示2件事情「相同」的句型）。

然而，最一開始列舉的4個片語翻譯當中，除了④的 no more... than ~「就如~不是……一樣，這個也不是……」之外，都沒有「相同」的同義詞。

這是從出發的視角衍生出來的表達方式問題。

* 這些句型的2個動詞都是過去式。
** 只不過，「no sooner... than ~」比較文言，as soon as ~感覺比較平易近人。

首先，我們就從 less 這一組（①與②）說明起。

其實，less 這一組（①與②）是從下面仰望上面，隱含的前提是「跟這樣的高標準相同」。

從下面
仰望上面

不低於（no less）高標準會讓人聯想到「好厲害，絕佳」的意思。

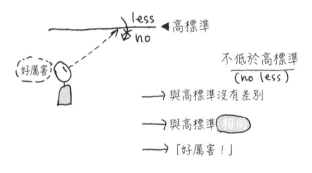

因此，以下用到① no less than ～的例句，所表示的概念是擁有的錢財「跟高標準相同」，不低於「1,000 萬日圓」的高標準。

He has no less than 10 million yen.

「他至少擁有 1,000 萬日圓。」

以下用到② no less than ～的例句，則是在高標準下美麗不亞於姊姊（同樣美麗）。

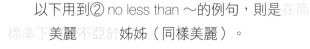

She is no less beautiful than her sister.

「她的美麗不亞於她姊姊。」

從頭到尾都可以驗證（相同）的這項概念。

3 低標準下的「相同」

反觀 no more（...）than ～ 這一組表現（③與④）則是從上面俯瞰下面，隱含的前提是「跟這樣的低標準（相同）」。

由上往下
俯瞰

什麼嘛

◀ 低標準

假如由上往下俯瞰，覺得「什麼嘛，只跟這樣的低標準（相同）嗎？」就會變成 no more than ～「只有～」。

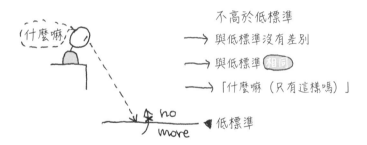

什麼嘛

不高於低標準
⟶ 與低標準沒有差別
⟶ 與低標準（相同）
⟶ 「什麼嘛（只有這樣嗎）」

no more ◀ 低標準

因此，以下用到③ no more than ～ 的例句是從上面俯瞰，傳達的概念是看著 1000 日圓的低標準。這裡也是從頭到尾都可以解讀出（相同）這項含意。

I have no more than 1,000 yen.
「我只有 1000 日圓。」

所有財產…

②的「就如～不是……一樣，這個也不是……」，是 4 項表現中在考試時最常出現的，也可能是最難懂的，需要特別留意。

就如先前的說明，這個句型也是「no ＋比較級＋（...）than ～」，帶有 相同（一樣）的概念。然而，這 2 個「不是」究竟是從哪裡來的呢？

A whale is no more a fish than a horse is.

「就如馬不是魚一樣，鯨魚也不是魚。」
（鯨魚不是魚，就跟馬不是魚相同。）

「no ＋比較級＋（...）than ～」是 相同 的概念，而「no ＋比較級＋（...）than ～」則是從上面俯瞰「低標準下的相同」。將使用這項概念的例句分解，經過說明翻譯後，就會如下所示：

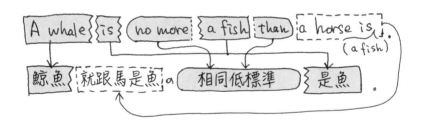

馬是魚的可能性不管怎麼看都是零（0％），將上面的「翻譯」畫成更深入的概念圖之後，如下所示：

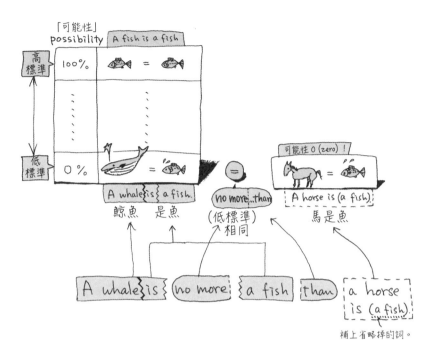

補上省略掉的詞。

到頭來，這裡的「低標準」還是可能性零（0%）的標準。既然0%（零）等於「不是」，那只要將2個「是」（上面畫雙底線的部分）直接翻成「不是」，譯文就會變得淺顯易懂。

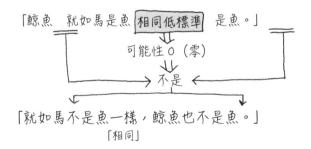

將這句話想表達的事情畫成超級簡單的圖，會如下所示：

這不可能　相同　這也不可能

2 個都同樣是「不可能」對吧。

為什麼 no sooner... than 〜是「剛…就〜」？

The idea had no sooner occurred to him than he went out of the room.

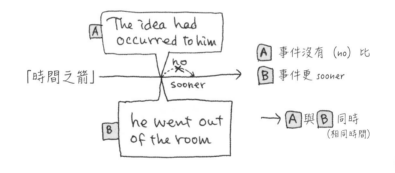

「時間之箭」

A The idea had occurred to him

no
sooner

B he went out of the room

A 事件沒有 (no) 比
B 事件更 sooner

→ A 與 B 同時
（相同時間）

2　包含 as ～ as... 的各種句型

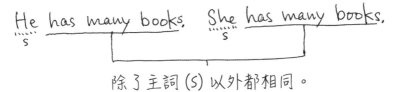

1　as ～ as... 的句型

　　as ～ as... 的句型不只是經常使用，考試時也常會問到，相當重要。但若這個句型變得有點複雜，很多人就不會自己造句，這也是事實。這時要從基礎紮實了解，學會寫出正確的 as ～ as... 句型。

（1）as ～ as... 句型的造句法

步驟①

　　首先要準備 2 個結構相同的句子。

　　He has many books.　　She has many books.
　　‥‥‥　　　　　　　　　‥‥‥
　　S　　　　　　　　　　　S

　　　　　除了主詞 (S) 以外都相同。

步驟②

　　以連接詞 as 聯繫這 2 個句子。這個 as 是「跟……一樣」的意思。

　　He has many books (as)* she has many books.

　　然而，連接詞的 as 有好幾個意思 **，句子會變得很難懂。這樣看起來會是「就像她擁有很多書一樣，他也擁有很多書」。

---

* 為了讓句子的結構淺顯易懂，這裡用 ◯ 把 as 圈起來。
** 連接詞 as 的主要含意。①「因為……」（≒ because），②「……的時候」（≒ when），
③「就像……」，④「隨著……」等等

　　當作副詞的另一個 as 要放在 many 這個形容詞前面，清楚呈現「什麼是一樣的」（這裡會畫成概念圖，以便輕鬆了解 2 個 as 的功能）。

前半的直譯「他一樣擁　　　　後半的直譯「就跟她擁
　有很多書」　　　　　　　　有很多書一樣」

　　副詞 as 比後來的連接詞 as 先出現，功能在於釐清什麼是一樣的。而這就是 as ～ as... 所謂的「原始型態」。

最後省略重複的不必要語句。

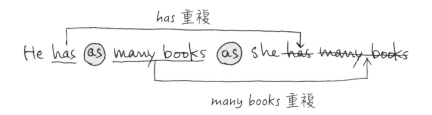

He has (as) many books (as) she*.

「他和她一樣擁有很多書。」

---

* 有時為了調整語氣，會使用 does（一般助動詞）代替 has，變成 He has as many book as she does.（as she has 亦可）。

比較的內容就跟副詞時的要訣一樣。

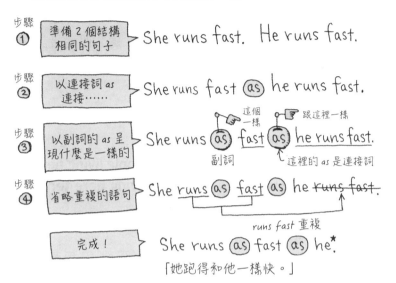

步驟① 準備 2 個結構相同的句子 → She runs fast. He runs fast.

步驟② 以連接詞 as 連接…… → She runs fast (as) he runs fast.

步驟③ 以副詞的 as 呈現什麼是一樣的 → 這個一樣 跟這裡一樣 She runs (as) fast (as) he runs fast.
副詞　　這裡的 as 是連接詞

步驟④ 省略重複的語句 → She runs (as) fast (as) he ~~runs fast~~.
runs fast 重複

完成！ → She runs (as) fast (as) he.*
「她跑得和他一樣快。」

（2）自行補上省略詞→深入了解

只要像這樣充分了解 as ～ as... 句型是如何構成，就能自己補上省略的重複部分。如此一來，就能正確理解這個句型的結構。

例1　He isn't (as) young (as) he looks.

　　　　　　　　　　　　　S　　V　　C
← He isn't (as) young (as) he looks young.
　　　　　　　　　　　　　　　　　　　省略詞
「他沒有看起來那麼年輕。」
〔直譯〕「他沒有年輕到像他看起來一樣年輕。」

例2　He is (as) curious (as) when he was a child.
← He is (as) curious (as) when he was curious when
he was a child.
　　　　　　　　　　　省略詞
「他跟他小時候一樣好奇。」

* 有時為了調整語氣，會變成 She runs as fast as he does.。

〔直譯〕「他好奇到像他小時候一樣好奇。」

只要像這樣理解句型，就會變得非常清楚。如同 **例2** 的第一個句子，as 和 when 這 2 個連接詞在文法上是可以並列的。

例3 There are not (as) many people living here (as) (there were) ten years ago.

← There are not (as) many people living here (as) there were many people living here ten years ago. 省略的部分

「住在這裡的人沒 10 年前那麼多。」

〔直譯〕「住在這裡的人沒有多到像 10 年前住在這裡的人那麼多。」

例4 Prices* were not (as) high (as) I had thought.

← Prices were not (as) high (as) I had thought (that) prices were high.

「物價沒我想得那麼高。」

〔直譯〕「物價沒有高到像我想得那麼高。」

2 倍數表現

講到「～倍」的時候經常使用「～ times as ～ as...」的形式。基本結構是「as ～ as...」，直譯為「跟……一樣的～倍」。

*prices「物價」

我們就來確認一下句子是如何構成。

原本的句子是……

He learned as much as I (did).

↑這是「（的量）跟～一樣」的意思

「他跟我學得一樣多。」

假如加上倍數表現之後……

He learned twice as much as I (did).

修飾後面

這麼一來就會變成「一樣」的 2 倍，也就是「他學的是我的 2 倍（的量）」。

〔直譯〕「他學的是跟我一樣的 2 倍（的量）。」

3 not so much A as B 「與其說是 A，倒不如說是 B」

「as ～ as...」的句型變成否定句後，第 1 個 as 會變成 so，通常句子就會變成「not <u>so</u> ～ as...」。

He is not so [as] tall as his brother.

「他沒有他哥哥（弟弟）那麼高。」

這也就表示，我們將這個句型的 so 和 as 的功能當作幾乎相同。

因此，「not so much A as B」的句型基本上是 as ～ as...。直譯後會變成「不是 A，與 B 的程度相同」（這個 much 代表「程度」）。

畫成圖後如下所示：

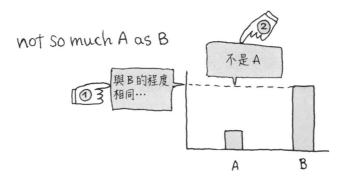

換句話說，這個句型表示 B 的程度比較高，A 的程度比較低。其含意透過上圖就能一目瞭然。為了讓譯文更加自然，通用的譯法是「與其說是 A，倒不如說是 B」。

He is not (so) much a hiker (as) a climber.

「與其說他是遠足者，倒不如說是登山客。」

4 為什麼 as soon as ～是「剛……就～」？

首先要準備 2 句英文。

- **It began to rain soon.**「不久就開始下雨了。」
- **He went out soon.**「不久他就出門了。」

這 2 句要以 as...as 聯繫，造出 as...as ～的句型。

It began to rain (as) soon (as) he went out soon.

硬將這句話直譯，會得到如下結果：

「就在跟他出門同樣不久就開始下雨了。」

→「同時，馬上」

其次是省略「重複」的第 2 個 soon（句末）。

It began to rain as soon as he went out.

「他剛出門就開始下雨了。」

換句話說，as soon as... 是「跟……同樣不久」→「與此同時」。

9

比較的重點

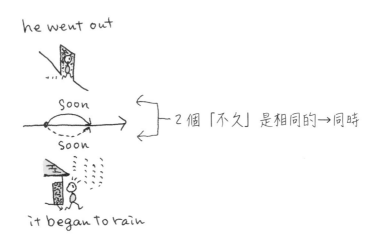

他另外，如果將 as soon as 當作一個連接詞來用，也可以造出以下句子：

As soon as he went out, it began to rain.

3 原級、比較級與最高級的改寫

比較時常用的改寫句型如下：

① **Nothing is so precious* as health.**

「沒有什麼東西像健康那麼（跟健康一樣）寶貴。」〈同等比較〉

② **Nothing is more precious than health.**

「沒有什麼東西比健康更寶貴。」〈比較級〉

③ **Health is more precious than anything else.**

「健康比其他任何東西更寶貴。」〈比較級〉

④ **Health is the most precious thing.**

「健康是最寶貴的東西。」〈最高級〉

⑤ **Health is the most precious of all things.**

「健康在所有東西當中是最寶貴的。」〈最高級〉

相信也有很多人會為了想熟悉這 5 個句子，硬是都背下來。這實在很令人佩服。不過，只要畫成概念圖，其實就能輕鬆融會貫通（另外，最高級是用來比較 3 個和以上的東西。這裡為了讓說明淺顯易懂，畫成 3 方比較的概念圖）。

*precious「寶貴」

① **Nothing is so precious as health.**

「沒有什麼東西像健康那麼（跟健康一樣）寶貴。」

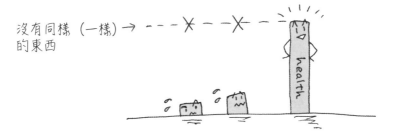

沒有同樣（一樣）
的東西

　　這個句子是否定句，所以會變成 so～as ...，但既然原本是 as～as...「跟……一樣」的句型，含意就是「沒有一樣（標準）的東西」。

② **Nothing is more precious than health.**

「沒有什麼東西比健康更寶貴。」

沒有東西比
health 的標準更高

③ **Health is more precious than anything else.**

「健康比其他任何東西更寶貴。」

比其他哪個
都高…

比這個還高…　　比這個還高…

④ **Health is the most precious thing.**

「健康是最寶貴的東西。」

⑤ **Health is the most precious of* all things.**

「健康在所有東西當中是最寶貴的。」

所有東西 (all things) 當中 (of)

* 關於 of 可參照（ ➡ 介系詞篇，Chapter 2）。

只要以這 5 個概念為開路先鋒，就能輕輕鬆鬆想起這 5 個英文例句。請各位務必嘗試看看。

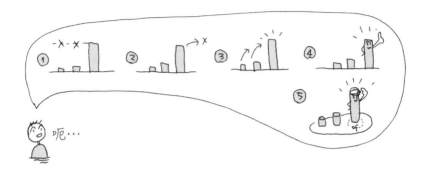

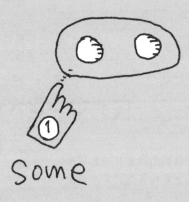

Chapter

10

some

淺 談
代 名 詞

1 分清楚 one、another 與 the other

　　one、another 與 the other 是指著東西——說明時經常使用的代名詞。

　　如果你分不清楚要如何靈活運用這些詞彙，還請參考下方的說明整理歸納，應該就能恍然大悟。首先就從有 2 個東西的情況依序說明吧。

2 個的情況　　　（☞ 請依照這個記號當中 ①、②...和其他編號的順序閱讀說明。）

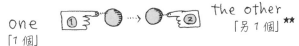

one
「1 個」

the other
「另 1 個」★★

① 一開始指著的東西並非特定對象（沒有規定要指哪個），不特定的東西要加 a，所以要使用帶有這個含意的 one★。

② 既然只剩下 1 個，接下來指著的就會是那個唯一的特定對象，所以要加 the。另外，第 1 個之後的東西統統要加 other「其他」★★★，變成 the other。

（有 2 個東西時不用 another。）

★one（代名詞）原則上可以替換成「a＋名詞」。
★★ 也可以翻譯成「剩下的一個」。
★★★ 從第 1 個算起，在那之後的就是「其他」（other）東西。

3 個的情況

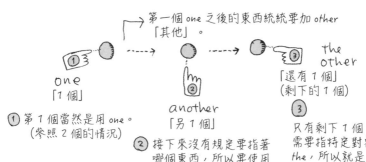

第一個 one 之後的東西統統要加 other「其他」。

one
「1 個」

① 第 1 個當然是用 one。
（參照 2 個的情況）

another
「另 1 個」

② 接下來沒有規定要指著
哪個東西，所以要使用
帶有不特定感的 a(n)。另
外，第 1 個 one 之後的
東西統統要加 other，所
以 a(n) + other 就會變成
another。

the
other
「還有 1 個」
（剩下的 1 個）

③ 只有剩下 1 個，
需要指特定對象的
the，所以就是 the
other。

4 個的情況

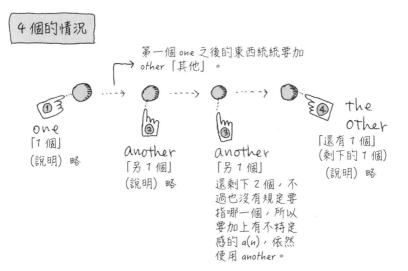

第一個 one 之後的東西統統要加
other「其他」。

one
「1 個」
（說明）略

another
「另 1 個」
（說明）略

another
「另 1 個」
還剩下 2 個，不
過也沒有規定要
指哪一個，所以
要加上有不特定
感的 a(n)，依然
使用 another。

the
other
「還有 1 個」
（剩下的 1 個）
（說明）略

說到這裡是不是有抓住訣竅了呢？我們整理一下 5 個以上的情況再畫成圖後，就會如下所示。萬一還是覺得不太清楚，只要看懂這張圖就沒問題。

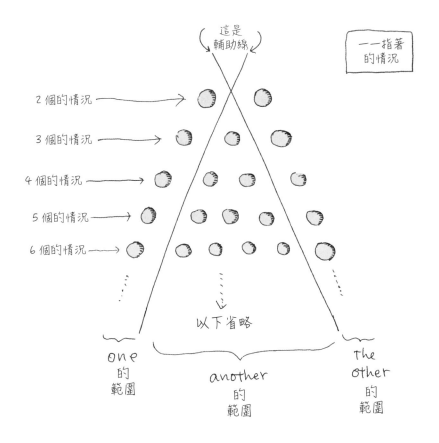

一個個指著東西的時候，another 的數量只增不減。不變的原則是：第 1 個一定是 one，最後 1 個一定是 the other。

〈分清楚代名詞 some, others 與 the others〉
一次指著好幾個東西的時候

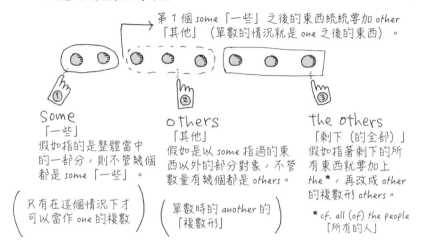

第 1 個 some「一些」之後的東西統統要加 other「其他」（單數的情況就是 one 之後的東西）。

Some
「一些」
假如指的是整體當中的一部分，則不管幾個都是 some「一些」。

（只有在這個情況下才可以當作 one 的複數）

others
「其他」
假如是以 some 指過的東西以外的部分對象，不管數量有幾個都是 others。

（單數時的 another 的「複數形」）

the others
「剩下（的全部）」
假如指著剩下的所有東西就要加上 the*，再改成 other 的複數形 others。

* cf. all (of) the people
「所有的人」

〈單數和複數混雜的情況〉

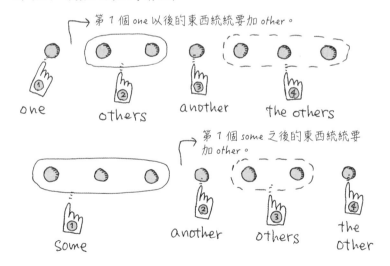

第 1 個 one 以後的東西統統要加 other。

one　　others　　another　　the others

第 1 個 some 之後的東西統統要加 other。

Some　　another　　others　　the other

2　中文裡沒有的 that 與 those

　　this 是用來指近處的東西，that 是用來指稍微有點距離的東西，這可説是基礎中的基礎。

　　然而，that 及其複數形 those 的用法，一看就知道並不符合這個原則。

The climate of Tokyo is milder than that of Moscow.
「東京的氣候比莫斯科的氣候溫和。」
（這個 that 是代表 the climate 的代名詞）

英文會盡量避免重複同樣的詞，不會造出以下的句子：

× The climate of Tokyo is milder than the climate of Moscow.

不過，為什麼要用 that 呢？翻譯時通常不會把 that 翻出來。

　　這個句子中的「主角」是主詞（及其整體含意）The climate of Tokyo。既然是「主角」，就會佔據説話者的思考中心。

既然如此，比較的對象 the climate of Moscow 會在哪個位置呢？當然，要是在想像時沒有跟 The climate of Tokyo 所在的中心（稍微）錯開距離，兩個圖像就會在腦海中重疊了。

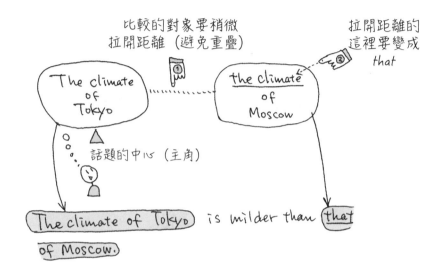

雖說同樣都歸類為 climate，卻是不同的 2 個 climate，不是「主角」的 climate 必須放在遠離中心的地方，以避免兩者重疊。只要將 that 想成是用來表示這段有點距離的感覺就行了。

反觀 that 的複數形 those 通常會翻譯成「那些（的）」，但如果是在 those who... 的模式下，時常會翻譯成「（做）……的人」。

The happiest people are those who enjoy their own work.
「最幸福的人就是享受自己工作的人。」

Those who are lazy will never succeed.
「懶惰的人絕不會成功。」

這 2 個範例當中，those（Those）無法明確翻譯成中文。

打個比方，像是電視臺記者在機場報導到國外度假的人。

記者本人沒有去國外，所以搭乘飛機的人和記者間會有某種程度的（心理上的）距離感（隔閡）。可以將 those 想成是用來表示這種心理上的距離感（就算記者未來有天會搭機去國外，也必須站在第三人的立場保持距離）。

所以我們要依循 that 和 those 的原則，用它們表現（稍微）有距離的感覺。

用 倒 裝
更 顯 眼

1 倒裝 ── 一顛倒就更顯眼

　　英文習慣上有個非常不可思議的用法，那就是「倒裝」。例如以下句子：

(1)<u>Only then</u> (2)<u>did I</u> know how she felt.

　　「直到那時，我才知道她的感受如何。」

　　(1)否定詞（句）（No，Never 等等）出現在句首，而且還特別常用 (2)疑問句的語序（do I...，does she... 等等）。不過，為什麼會採用這種形式呢？

　　理由很簡單：只要顛倒，就會更顯眼。「倒裝」是將語序調換得不同於平常，讓想要強調的詞（句）更加醒目。

顛倒就會……　　　　　　　　　很顯眼！

喔喔

　　我們就把以下的英文寫成倒裝句，實際確認一下效果。

*only 會限定部分情況，間接否定其他東西，要當成準否定詞來用。

I have never seen such a scene.

「我從來沒看過那樣的光景。」

首先讓 never「絕不會⋯⋯，從來沒有⋯⋯」出現在最醒目的句首。所謂的「顯眼」，就是要強調這個詞。

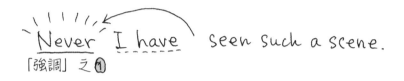

`Never` `I have` seen such a scene.

「強調」之 ➊

這時請稍微想一下：在一個句子當中強調 1 個地方跟強調 2 個地方，哪一種會更有效果？

果然是強調 2 個地方比 1 個地方更顯眼吧？因為 Never 不但出現在句首強調，have 也一併出現在主詞之前（也就是顛倒一般的語序，讓其更顯眼），進行了第 2 次強調。

`Never` `have I` seen such a scene.

「強調」之 ➊　「強調」之 ➋

這樣倒裝句就完成了 *。雖然使用的單字相同，倒裝句卻會給人煞有其事的感覺，足以打動人心。

現代中文沒有跟「倒裝」相同的用法，所以翻譯時無法做出差異；但如果從英文來看，就能夠感受到張揚的感覺。

---

* 不過句子會變得比較文言、嚴肅。

還有一點不可思議的是，倒裝句明明是疑問句的語序，卻不是疑問句。

　　疑問句的語序原本就是為了獲得對方的回答，寫成與平常不同的形式，好引起對方的注意。可以當作是特意在傳達「希望你回答這個句子」的訊息。語序顛倒（倒裝）原本的目標就是要引起對方注意。

　　還有一點該注意的，就是強調用的倒裝句要如何發音。既然都特地改變語序強調了，可不能只是像平常一樣順順唸出來。移動到句首的 Never 要以謹慎而有點鄭重的語氣發音，接下來的 have I 也要完全灌注強調的感覺謹慎發音，這樣就能呈現日文翻譯表現不出的獨特語感。

　　其次要舉幾個倒裝句的代表範例。句首的否定詞（句）和緊接在後變動過的語序要反覆謹慎發音，也要習慣發音上的倒裝句。語言的命脈在於發音（ 的地方要謹慎而緩慢地唸出來）。

I had hardly* gone to bed when the bell rang.

「我剛躺在床上，鈴就響了。」

→ Hardly had I gone to bed when the bell rang.
「強調」之① 「強調」之②

*hardly... when 〜「剛……就〜」。直譯為「〜的時候幾乎還沒……」。

I had scarcely* opened the door before I found a stranger standing in front of it.

「我剛開門就發現陌生人站在門前。」

→ Scarcely had I opened the door before...
「強調」之① 「強調」之②

She little** dreamed that she would succeed.

「她一點也沒想到自己會成功。」

→ Little did she dream that she would succeed.
「強調」之① 「強調」之②

This door must not*** be left**** unlocked at any time.

「這扇門無論何時都不能沒鎖上。」

→ At no time must this door be left unlocked.
「強調」之① 「強調」之②

---

*scarcely... before ～「剛……就～」。直譯為「～之前幾乎還沒……」。
** 沒有 a 的 little 在動詞前面，是「一點也沒……」的意思。
***not... any ～是 no 的意思。
****leave 在 SVOC（第 5 句形）當中是「放著 O 在 C（的狀態），『置之不理』」的意思。
上面的例句為其被動態，be left ～的形式。直譯為「被放在～（的狀態），『被置之不理』」。

2　五花八門的倒裝句 —— 倒裝句的同類

The more you get, the more you want.
(S)　(V)　　　　　　 S　 V

「你愈得到，你就愈想要。」

　　「The 比較級」會跳過 SV 出現在句首，一樣是為了要引起注意。這個句型有 2 組「the 比較級」出現在 SV 之前，可以輕鬆看出是在比較什麼跟什麼。我們就將它跟一般語序的句子做比較，看看它有什麼優點吧。

一般語序的句子

You get more*, and you want more*.

「你得到愈多，你就想要愈多。」

放大鏡 →
a magnifying glass

The more you get, the more you want.
　　　　 (S) (V)　　　　　 S　 V

another magnifying glass

用 2 組 the more 吸引目光…

* 這個 more 都是 get 和 want 的受詞代名詞。

還有以下這種「the 比較級」的句子。

- **The more, the better.** 「愈多愈好。」
- **The sooner, the better.** 「愈快愈好。」

省略 2 組 SV，讓 2 個 the 比較級之間的比例關係更加明確。省略 SV 之後，就可以輕鬆使用慣用語。

11

用倒裝更顯眼

`May` you all be happy!

「願各位愉快！」（文言感）

　　「祈願」是要向神明（等對象）祈求。既然是以神明等為對象，就必須用莊重而恭敬的態度說話。

　　may 是助動詞當中最莊重而帶有恭敬之意的詞彙，適合用在向神明（等對象）祈求的情況。

　　不過既然是祈求，要是沒有強烈表達出來，就很難讓對方聽到。

　　因此，要將莊重 may 放在句首，好吸引目光、加以強調。光是加上把 may 放在句首的這個簡單動作，句子就會變得莊重而且夠強烈，讓祈願句充分發揮相應的作用。中文的「願你……」也是莊重而強烈的表現。

莊重而
強烈的
祈求

這裡再稍微舉幾個例句。

• **May you both have long and happy lives!**
「願你們百年好合！」（婚禮的慣用語）

• **May the new year bring you happiness!**
「願你新年好運到！」

　　「S ＋ V ＋介系詞片語」為一般語序，但可以將介系詞片語搬到句首做強調。另一方面，特意將主詞 (S) 放在句末，能讓主詞 (S) 在對方心中留下深刻的印象，這也是一種效果。

On the top of the hill stands a white house.
　　　　　介系詞片語　　　　　V　　　　　S

「山丘的頂峰上豎立著白色的房子。」
（一般的語序是 A white house stands on the top of the hill.）
　　　　　　　　　　　S　　　　V　　　　介系詞片語

　　只要將主詞 (S)（意義上的「主角」）放在最後，讀者的腦海中就會描繪出如下圖的概念。

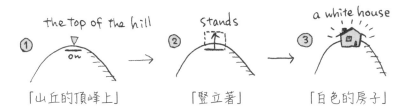

①「山丘的頂峰上」　　②「豎立著」　　③「白色的房子」

Over the sofa lay a white cloth.
　　介系詞片語　　V　　　S

「沙發上鋪著白布。」
（一般的語序是 A white cloth lay over the sofa.）
　　　　　　　　　　S　　　V　　介系詞片語

---

* 介系詞片語——以「介系詞＋名詞」形式為基礎的意義「集合體」，可分為形容詞的用法和副詞的用法。the book on the desk 的「on the desk」是修飾名詞的 book，屬於形容詞用法。She lives in the city. 的「in the city」是修飾動詞的 lives，屬於副詞的用法。

「沙發上」　　　　　「鋪著」　　　　　「白布」

　　請依照①～③概念圖的順序掌握各個概念圖的含意，試著體
會其中妙處。

4 not until...

　　not 有否定的功能，until... 是「直到……（都一直）」的意思，
不過 not until... 翻譯過來卻是「……之後才」，為什麼呢？
　　首先要核對原本句子的形式。

The dog did not come home until it got dark.
「這隻狗直到天黑之前都沒有回家。」

　　以上例句並沒有特別經過改寫。不過這裡要改變形式，寫成
一個前面未曾出現過的罕見句子。

本章一開始就列舉過將否定詞用於句首強調的例子；但在這個句子中，竟然是 not 這個否定（述語）位於句首，跟 until 以下的從屬子句（後半段的子句）緊黏在一起。這樣的變化僅限於「慣用語」，是相當罕見的形式。

　　假如硬把這個部分翻譯出來，就會變成「直到天黑之前（until it got dark）都沒有（not）（這樣）」，主詞竟然是出現在句子的後半段！

　　「直到天黑之前都沒有回家」指的是「天黑之後才回家」，not until... 總歸來說就是「⋯⋯之後才」的意思，當作慣用語背起來就會很方便。

　　這個表現還可以再變化，經常用來跟強調句型組合。範例如下：

句首的「倒裝」消失，
did... come 變回 came

　　強調句型是用 It is（was）和 that 夾住想要強調的詞（句），讓它變得更醒目（ ▶ P.179【參考】強調句型的造句法）。

　　這裡必須注意的是 not until ... 會從句首退位。因此不會發生「〈強調〉之②」的倒裝情況，did the dog come 會恢復為原本的形式 the dog came。

　　那麼，接下來就要跟前面反其道而行，依照強調句型→ Not until... → not... until ～的順序，確實掌握句子的變化。

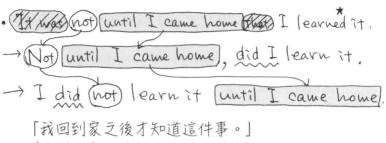

- It was not until I came home that I learned it. [*]
  → Not until I came home, did I learn it.
  → I did not learn it until I came home.

「我回到家之後才知道這件事。」
（直到回家之前都不知道這件事）

- It was not until I read the letter that
  I understood what you had meant.
  → Not until I read the letter did I
  understand what you had meant.
  → I did not understand what you had meant
  until I read the letter.

「我看了這封信之後才知道你有什麼打算。」
（直到看了這封信之前，都不知道你有什麼打算）

*learn ～不只用來表示「學習」，「知道」的意思也很重要。

【參考】強調句型的造句法

　　強調句型也是常用的重要句型之一。如果能夠學會造句，看文法時就會更有信心，在這裡就來將造句方式融會貫通吧。

　　首先要準備強調句型的「基礎句」和強調句型的基本「框架」。

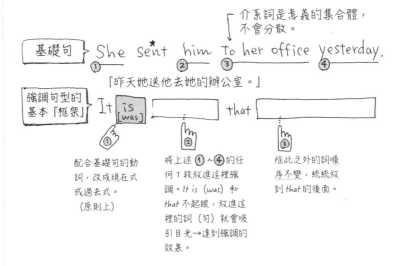

依照以上的步驟造出強調句型，就會如下所示：

強調①的句子

It was she that sent him to her office yesterday.

強調②的句子

It was him that she sent to her office yesterday.

---

* 基礎句的 V 不會在強調句型中強調。

✕ 假如是 It was sent...，V 就會 2 個並排，變成英文文法上忌諱的「重複」。要強調 V 的時候就用 do、does 或 did。

I love you.　＜　I do love you. 「我真的很愛妳。」

強調③的句子

It was to her office that she sent him yesterday.

強調④的句子

It was yesterday that she sent him to her office.

強調句型的翻譯法

最後是將一般的強調詞（句）翻譯如下。只要翻譯，就會留下印象。

①的翻譯是「是她昨天送他去她的辦公室。」

②的翻譯是「是他昨天被她送到她的辦公室。」

③的翻譯是「她的辦公室就是昨天她送他去的地方。」

④的翻譯是「昨天就是她送他去她的辦公室。」

　　另外，雖然有時會將強調詞（句）翻譯成「正因為～」，但這並不太常見。還有，強調句型的 It is（was）和 that 通常不會翻譯出來。

助 動 詞

大 致 可

分 為 2 種

1 「說話者的確信程度」與「牽涉未來的意志」

　　每個主要助動詞都有 2 種基本含意，只要看下面的一覽表就會知道，除了 will 以外，每個詞彙的 2 種含意（下圖 Ⓐ 與 Ⓑ）都差異甚大。

〈主要助動詞的 2 種基本含意〉

	Ⓐ	Ⓑ	
must	必須～ （義務、命令）	一定是～	強
will	即將～（未來）	即將～	
should	應該要～ （義務）	應該是～	
can	能夠～（可能）	可能～	
may	可以～（允許）	或許～	弱

《牽涉未來的意志》《說話者的確信程度》

〈說話者的
確信程度〉

　　Ⓑ行的含意通常代表「說話者的確信程度」，確信程度會由上而下減弱。比起確信程度最強的 must「一定是～」，may「或許～」的感覺就微弱得多了。

說話者的確
信程度

一定是～ 即將～ 應該是～ 可能～ 或許～

must　will　should　can　may

　　那麼，Ⓐ行是怎麼回事呢？ must 的「必須～」是「義務、命令」，will 的「即將～」是「未來」，這行感覺上卻不像Ⓑ行「說話者的確信程度」一樣，三言兩語就能明確歸納。

　　綜合上述的關鍵字就是「牽涉未來的意志」。有很多人可能會以為只有 will 有未來的意思，但其實 must、should、can 和 may 也蘊含未來之意。

〈牽涉未來
的意志〉

　　must「必須～」主要是表示「之後的事情」，should「應該要～」和 may「可以～」主要也都是表示「之後的未來，不久的將來」。

　　說 can「能夠～」（可能）有未來的意思，大家可能會感到很意外。但「能夠」通常不會是在事情當下被提出，因為去做辦得到的事情會需要花點時間。

I can help you!
「我能幫你。」

　　以上的例子當中，help 會需要花點時間。

因此，Ⓐ行的共通概念可以歸納成「牽涉未來的意志」。

此外，這裡也和「說話者的確信程度」所提相同，可以看出助動詞語調的強弱差異。

2　助動詞的概念／現在式與過去式的概念

整體來說，含意大致可分為2組的助動詞有個共通點：都不是指事實。

不管「確信程度」還是「牽涉未來的意志」都是存在於腦海中，和現實中發生的物理現象截然不同。

「確信程度」和「牽涉未來的意志」
都在腦海裡。

另一方面，未使用助動詞時，時態可大致區分為「現在」和「過去」。表示「現在」事實的代表性時態為現在式，表示「過去」事實的代表性時態為過去式。

畫成圖後如下所示：

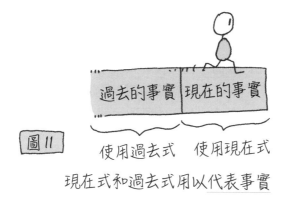

過去的事實　現在的事實

圖11　使用過去式　使用現在式

現在式和過去式用以代表<u>事實</u>

接著在這裡將上一頁的圖I與上面提到的圖11合成之後，就會如下所示：

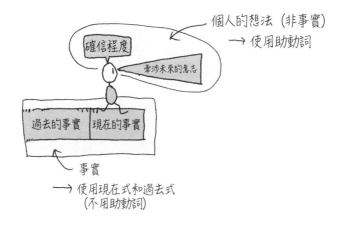

個人的想法（非事實）
→ 使用助動詞

確信程度

牽涉未來的意志

過去的事實　現在的事實

事實
→ 使用現在式和過去式
（不用助動詞）

簡單來說，在英文的世界當中，除了描述過去或現在事實的情況外，使用助動詞時要不就是用來說明自己的確信程度，要不就是牽涉未來的意志。

動詞原形不代表事實

　　話說，助動詞後面為什麼會跟著動詞原形呢？現在式的動詞表示現在的事實，過去式的動詞表示過去的事實。既然如此，不具備現在或過去時態的原形，就可以說是不代表事實的文法形式。

　　前面談到的助動詞是「說話者的確信程度」和「牽涉未來的意志」。換句話說，基本上是表示個人的想法，而非事實，必須和代表事實的文法形式徹底做區隔。

　　反觀 can「能～」和 will「會～」，則是說話者認為的事情本身就是事實，所以 can 和 will 就會有現在式和過去式。

that 子句當中的 should

　　表示個人主張的動詞或形容詞後面跟著 that 子句時，該子句當中所使用的 should 有時會省略。

- I insisted that he (should) resign.
「我堅持他該辭職。」
- It is necessary that you (should) leave at once.
「你需要馬上離開。」

should 的用法顯然就是「應該要～」的意思，如果省略 should 只用原形，乍看之下會覺得有點微妙。

但其實以前 * 這個文法中本來就不會用到 should（雖然有 should 的話，好像會比較）。

我們回到例句想一想。第 1 句開頭的「I insisted...」是「我堅持……」。聽到開頭的瞬間，就可以確定 that 以下是「I」個人的想法。個人的想法並不是事實，that 子句當中的動詞當然就會是不代表事實的原形。

第 2 個例句也一樣，只要談到「It is necessary...」（需要……），很顯然就是説話者自己的想法，that 子句當中可以確定是個人的想法，所以也應使用不代表事實的原形。

時代推移，原形有時會跟現在式混淆，使用到 should 可以解釋成是特別用來避免混淆的情形。

但從歷史看來，以前原本就不會使用 should，如果説成是「省略 should」其實不完全正確。

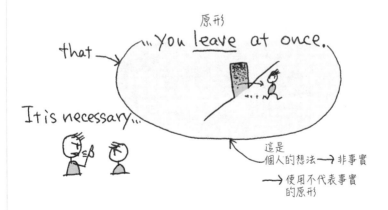

---

* 大約到 200 年前為止。

助動詞大致可分為 2 種

Chapter

13

及 物 動 詞
與 不 及 物 動 詞
的 概 念

英文的動詞可以分為及物動詞和不及物動詞。或許有人會認為，「就算不知道怎麼靈活運用，只要把單字的意思一個個背下來就沒問題了」。但如果想從單純的死記硬背解脫，將英文用得活靈活現，將及物動詞和不及物動詞的差異確實轉化為概念就相當重要。

照理說，只要學會及物動詞和不及物動詞的差異，就能理解動詞意義和使用形式的密切關係，也就能感受到英文的有趣之處。另外，如果能將及物動詞和不及物動詞靈活運用在會話和作文，就可以傳達出更細微的意涵。

1　及物動詞的概念

原則上像 have ～「擁有～」這樣後面緊接著受詞的，就是及物動詞＊。而像 walk「走」或 run「跑」這樣後面不連接受詞也可以使用的，就是不及物動詞＊。

舉個淺顯易懂的例子，及物動詞就像足球或棒球選手，球就相當於受詞。他們會踢球（kick）或投球（throw），直接作用於球上。

① 假設人類的活動是 V…　　② 受到影響的球就是　　（同左）

＊會作用在某事物上，就是及物動詞；不作用在某事物上意思也能單獨成立的話，就是不及物動詞，只要這樣記住就沒問題了。

190

典型的例子可以歸納如下：

- push ～「推～」或 give ～「給～」這類動詞，會直接作用於受詞事物上，使其移動。

- make ～「製作～」或 break ～「打破～」這類動詞，會直接作用於受詞事物上，改變其形體和性質。

只要以共通概念為及物動詞建立公式，就能導出以下原則：

及物動詞的概念　之①

及物動詞會直接作用於受詞。

2　不及物動詞的概念

不及物動詞與及物動詞不同，不直接作用於其他事物也能成立。我們可以透過不及物動詞的代表範例來驗證這點。

不及物動詞代表範例 *

live「活著／生活」，**go**「去」，**come**「來」，**fly**「飛翔」，**sleep**「睡覺」，**swim**「游泳」，**die**「死亡」

這裡列舉的動詞只要單獨存在就能完成動作，不具備影響其他事物或作用於其他事物的目的。下面就以概念圖驗證這點吧。

live「活著」　　go「去」　　come「來」

fly「飛翔」　　sleep「睡覺」　　swim「游泳」

die「死亡」

---

* 這裡只談到採用 SV（第 1 句型）的動詞。而 become ～「變成～」、look ～「看見～」和其他採用 SVC（第 2 句型）的不及物動詞，也是單獨表示（自己）「變成（看見）～」的意思，不作用於其他事物。

3 該特別注意的及物動詞概念

有幾個動詞雖然在文法上是及物動詞，卻不符合第 1 節列舉的及物動詞原則。

> **該特別注意的及物動詞**
>
> **marry ～**「跟～結婚」、**resemble ～**「類似於～」、**discuss ～**「討論～」、**consider ～**「（仔細）考慮～」、**reach ～**「抵達～」。

前面舉出的典型及物動詞（如 hit 或 kick）具備「作用於其他事物的動作感」，不過這些動詞則完全沒有。我們往往會受自己的語言影響，使用 ✕ marry with，或 ✕ discuss about 之類的錯誤用法。

以下的原則有助於於掌握這些動詞所具備的概念。

> **及物動詞的概念　之②**
>
> 及物動詞會與受詞直接連結。

假如要為這個概念舉例，則正好可以用磁鐵來比擬。磁鐵的 N 極和 S 極會相互吸引，緊緊黏在一起。

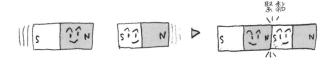

這 2 塊磁鐵緊黏的概念跟下面列舉的他動詞有共通之處，讓我們來對照一下。

• marry ～ 「跟～結婚」

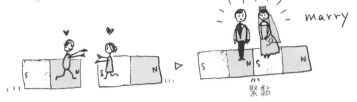

不用多說，結婚就是直接跟對方結合，跟磁鐵緊黏的概念相同。

• resemble ～ 「與～相似」

Resemble 的受詞幾乎都是 father 或 mother，grandfather 或 grandmother，從中可以感受到血緣的連結。就算肉體獨立，遺傳上的連結也稱得上是直接連結。

（注）family tree 是「家系圖」（家族樹）。

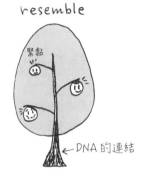

• discuss ～ 「討論～」

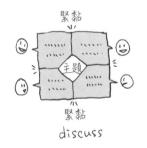

discuss 的意思是「跟別人一起針對某個主題討論」，聊天的內容跟主題有關，也就是正好符合主題，與磁鐵緊黏的概念相同。

• consider ～ 「（仔細）考慮～」

consider 跟 think 不同，帶有「仔細」的含意，跟思考對象這個受詞看起來相當密切。

think ～與 think about ～

　　假如 think 後面跟著 that 子句，是當作「思考～」的意思，就表示 100%在想 that 子句的內容，think 與 that 子句關係密切。這時的 think 是及物動詞。

think 與 that 子句密切的關係

about
的
概念圖

　　反觀 about 的概念則像左圖一樣，是以某件事物為中心籠統取個範圍。假如將 think 和 about 組合成 think about ～，就會變成「思考關於～」，感覺沒有像前面提到的受詞 that 子句那麼密切。這時的 think 是不及物動詞。

整個
主題

think about

think about ～是思考整個主題的部分相關內容

• reach ～ 「抵達～」

reach 不只是單純的「抵達」,還包含「努力」或「花時間」的意思。因此,受詞與心理上的連結就會很強烈→感覺上與受詞直接聯繫→歸類為及物動詞。

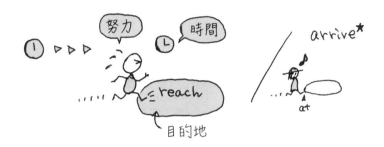

【參考】love ～「愛～」

用不著多說,love 就像 I love you. 一樣,是後面直接連接受詞的及物動詞。既然是「愛」、「很喜歡」,心理上的連結就會很強烈→感覺上與受詞直接聯繫→及物動詞。只要這樣想,就能夠和 reach 一樣進行歸納。

前面提到 consider 包括了「仔細」的意思,這也可以想成是心理上的連結很強烈。

---

* 反觀 arrive 同樣是「抵達」,但單純只是表示「抵達」。就跟 walk 一樣,不具備作用於其他事物的感覺,所以是不及物動詞。經常以 arrive at ～的形式使用。

4 靈活運用同一動詞的及物與不及物用法

（1）使用介系詞劃分清楚

前面提到 think (that)... 和 think about 概念的差異，而這也適用於其他重要表現。

● hope (that)... 與 hope for ～

hope (that)...「希望……」的 that 子句跟 think 的情況相同，是 100％在期望後面這件事，所以 hope 和 that 子句關係密切→ hope 是及物動詞。

I hope (that) she will get well soon.
「我希望她很快就會好起來。」

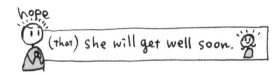

反觀 hope for 直譯之後，for ～就是「尋求～」，hope 就是「希望」。單純的希望就只是心裡想想而已，與受詞的關係薄弱→不及物動詞。

I hope for a win.
「我希望能贏得勝利。」

• decide (that)... 與 decide on ～

decide (that)... 的 that 子句也 100%是腦海中的想法→ decide 與 that 子句關係密切→及物動詞。

She decided (that) she would make a cake.

「她決定她要做蛋糕。」

另一方面，思考各種條件所下的「決定」（decide），則是頭腦發揮的作用。on ～單純表示經由決定過程所得出的結論→對受詞的作用微弱→不及物動詞。

We have decided on a date for the next meeting.

「我們決定了下次會議的日期。」

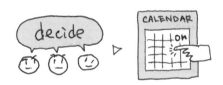

• choose ～與 choose from

choose ～「選擇～」是從複數的東西當中單獨選出 1 個。與受詞關係密切→及物動詞。

I chose a white one.

「我選了一個白的。」

另一方面，choose from ～的意思則是「從（複數的東西當中）～選擇」。選擇的東西數量不限，與受詞的關係薄弱→不及物動詞。

Please choose from the three.

「請從這 3 個當中選擇。」

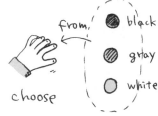

及物動詞與不及物動詞的概念

• suffer ～與 suffer from ～

suffer 的意思是「體驗、承受」a heart attack「心臟病發作」、terrible pain「極度的疼痛」和其他重大疾病與痛苦。與受詞的關係重大且密切→及物動詞。

He suffered a heart attack.

「他心臟病發作了。」

反觀 suffer from，則是用來表示一般長期疾病的「折磨、煩惱」。由於不會立刻危及生命，因此與受詞的關係比及物動詞 suffer 薄弱→不及物動詞。

He suffers from hunger.

「他受飢餓折磨。」

• search ～與 search for ～

search ～是「從～當中尋找（搜索）」，search for ～是「尋找～」，乍看之下容易搞混。我們就以概念圖對照一下。

He searched his pocket for money.

「他在口袋裡找找有沒有錢。」

這個 for 是「尋求～」的 for。直譯為「他尋求錢，從自己的口袋當中尋找」。

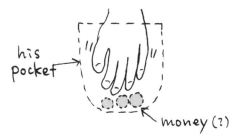

此時 search 的手會直接放進口袋→直接作用於 his pocket 這個受詞→及物動詞。

無須講明 search 的受詞時，或是無法用（三言兩語）說盡時則會省略（也就是將 search 變成不及物動詞），變成 search for ～「尋找～」。

After ordering, he began to search for his wallet.

「點了菜之後，他就開始找錢包。」

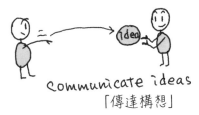

• communicate 與 communicate with ～

communicate ～「傳達（意志等物）」是以 ideas「構想」、intention「意圖」、feelings「感覺」和 knowledge「知識」等為受詞，將具體資訊傳達給對方，直接作用於 ideas 和其他受詞→及物動詞。

communicate ideas
「傳達構想」

反觀 communicate with ～「溝通～」則單純表示交換資訊，不涉及資訊的內容，也就不會直接作用於對象→不及物動詞。

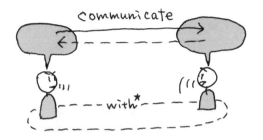

（2）以同樣的形式靈活運用

　　其實英文的動詞有 80%同時具備及物動詞和不及物動詞的用法。可以大致參考以下的範例，自行判斷使用方式所造成的意思差異（另外，及物動詞作用於事物的概念在圖中以➡或◀的符號表示；不及物動詞未作用於事物的概念則以△的符號表示。各位可以用來幫助自己牢記概念）。

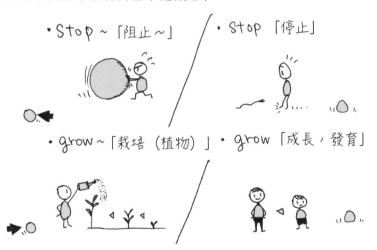

---

*with 的基本概念是「暫時關係」（□介系詞篇，Chapter 12）。

・walk～「帶～去散步」　・walk「散步」

・work～「讓～工作，使喚～去工作」　・work「工作/做事」

（3）為表現意思差異而使用介系詞的動詞

　　與其說是及物動詞和不及物動詞的差別，不如說是因為添加介系詞之後，就會直接改變原本的意思，例如下面幾個例子。

dispose 與 dispose of

● dispose～　　「配置～」

　　將 dispose 拆解後是 dis-（分離）和 -pose（放置）的意思，也就是指放在不同的地方，而不是集中在一處。

dispose guards
「配置守衛。」

Yes, Sir!

dis-（分離）　　-pose（放置）

• dispose of ～ 「清除～」

這個 of 表示「分離」，有「與～拉開距離」的意思。直譯為「與～拉開距離配置」。

dispose of trash
「清除垃圾。」

配置

（與自己）拉開距離

attend 與 attend to

將 attend 拆解後會變成 at-（朝～）＋ tend（前進，延伸），原本的意思是「將心思放在上頭」。

將心思放在上頭的概念圖

• attend ～ 「出席～」

將心思放在上頭所以出席。

Only three people attended the meeting.
「只有 3 個人出席了會議。」

- **attend to ～**　「照料（患者）」

要照料別人就必須將心思放在上頭。

She had to attend to her injured child before going to work.

「她必須在去工作之前照料
她受傷的孩子。」

reflect 與 reflect on

- **reflect ～**　「反射～／反映～」

光線碰上玻璃或鏡子後反彈是「反射」，風景映照在水面是
「反映」。

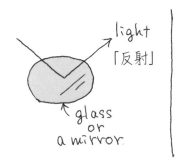

「反射」 light
glass or a mirror.

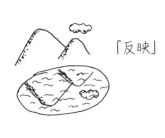

「反映」

- **reflect on ～**　「仔細考慮～」

過去發生的事情清楚映照在腦
中思考，就是「仔細考慮、反省」。

She reflected on her faults.

「她反省自己的錯誤。」

一幕又一幕往事
映照在心頭。

〔類似範例〕

• enter ～「進入（**房屋或房間等等**）」／ enter into ～「入
  會（加入）～」

　　enter ～的概念是直接進入房間等地，屬於及物動詞。而
當渺小的個人加入龐大的團體→作用薄弱→不及物動詞。

• add ～「添加～」／ add to ～「增加～」

　　直接用手拿過來添加→及物動詞。add to 省略了 add 的
受詞。

add some sugar to the sugar in the pot

　　「將一些砂糖添加到罐子裡的砂糖當中。」

→省略 some sugar 之後→ add to the sugar in the pot「增加
罐子裡的砂糖」

5　see 與 look

　　培養分辨及物動詞和不及物動詞概念的能力，有助於深入了
解我們所熟悉的動詞是什麼意思。

　　see 的基本含意是「看見～」。這表示張開眼睛在無意識間
看見。既然映入眼簾的資訊都是 see 的受詞，see 和受詞這個可
見事物間的關係就會很密切。因此，see 基本上是當作及物動詞
使用。

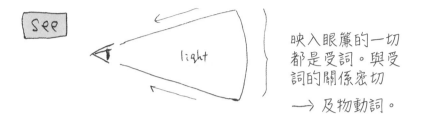

映入眼簾的一切都是受詞。與受詞的關係窓切
→ 及物動詞。

反觀 look「看」則只是眼睛張開，不一定看得到什麼。

就算 look 也不一定看得到什麼。

因此就算在黑暗或濃霧當中 look，也完全看不見。因為使用時沒有可見的受詞，所以 look 基本上是不及物動詞。

就算 look 也完全看不見的情況。

look 的這個性質，就算加上介系詞或副詞也不會改變。

• look at～　「看～」

這個片語是用 at 表示視線抵達的地方。重點與其說是看著的東西，不如說是視線的方向。

客人常對店員說的慣用語「我只是看看」（I'm just looking.），重點在於看著的動作，而不涉及看著的商品。

• look for ～　「尋找～」

這個 for 是「尋求～」的 for。直譯為「看著尋求～」。既然還沒發現要找的東西，就看不見 for 的受詞。

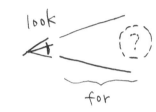

• look away　「移開目光」

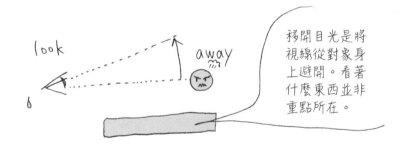

移開目光是將視線從對象身上避開。看著什麼東西並非重點所在。

【注意】及物動詞的 look ！

　　如同前述，look 原則上是當作不及物動詞。然而，look 也有直接作用於受詞的及物動詞用法，這就有點棘手了。但只要分清楚使用方法，就能夠搞懂。以下為範例。

• look ～ in the eye　「盯著～的眼睛看」
• look ～ in the face　「盯著～的臉看」

　　盯著看（凝視）指的是視線不會從所注視的東西移開。視線的動向與做為受詞者的眼睛和面孔緊密相連→及物動詞。

• I looked him in the face.

　　「我盯著他的臉看。」

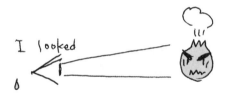

　↰ 目光不會從受詞身上離開
　　　→ 關係密切 → look 是及物動詞。

　　這就跟 watch 很像。watch 的意思是「盯著看（動態或變化的事物）」，是與受詞關係強烈的及物動詞。

watch

動態的事物與視線動向緊密相連 ──→ 及物動詞。

6 hear 與 listen

前面提到 see 與 look 的差異，就跟 hear 與 listen 的差異很像，這裡就來總結整理一下。

hear ～「聽見～」與 see 類似，傳進耳朵的聲音統統會變成受詞。概念圖就跟 see 一模一樣，敬請對照。

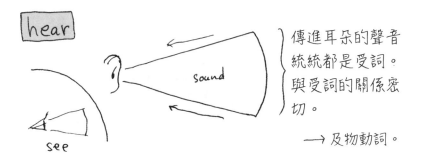

反觀 listen「（注意）聽，努力聽」，則用來表示側耳聆聽聲音或對方說的話。因此光憑 listen 是無法聽到的。而就算在沒有聲音的地方也能 listen「側耳聆聽」。這代表 listen 不需聲音做為受詞就能使用，是不及物動詞。

（注）「I'm listening.」的意思是「我正在聽」對方說話（也就是「請說」的意思）。這時對方可能欲言又止，或是不說。

假如在沒有聲音的狀態下發出聲音，注意力就會被吸引到出聲的地方。listen to ～「側耳聆聽～」的 to，即是表示注意力朝向的方向。

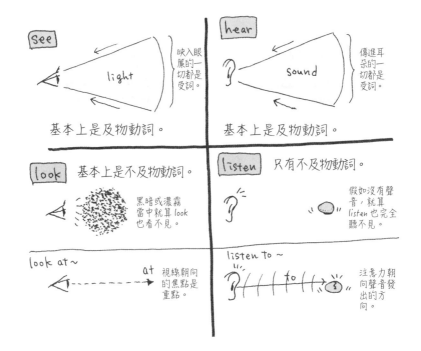

see 與 look，hear 與 listen 的總結

這裡簡單總結 see、look、hear 和 listen 這 4 個動詞在概念上的相似之處。

7　採取「SVO to do」形式的動詞

　　區分及物動詞和不及物動詞概念的能力，有助於感受藏單純單句型之中的深意。

　　這裡要談到的「SVO to do」句型就是典型的例子。這個句子所使用的動詞會有很多重要詞彙，要將概念確實牢記。首先就舉 2 個例句。

① **He encouraged* him to try again.**
　　S　　　V　　　　O　　to do

　「他鼓勵他再試一次。」

② **His advice enabled** him to succeed.**
　　S　　　V　　　　O　　　to do

　「他的忠告讓他能夠成功。」

　　這個句型的 V 後面緊跟著 O，所以是及物動詞。既然如此，應該有包含了直接作用於 O 的概念。再者，to do 基本上有「朝向未來」的意思。結合這 2 個概念畫成圖，如下所示：

①S 採取 V　②於是，O 就
的行動，作　to do*** 了。
用於 O 上。

---

*encourage「鼓勵（人做……），（讓人）提起勇氣」（cf. courage「勇氣」）。
**enable「（讓人）能夠……」（cf. be able to do「能夠～」）
*** 這時的 to 是「時間之箭」（⇨文法篇，Chapter 1）。

前面列舉過用到 encourage 和 enable 的句子，這些是否也適用於 SVO to do 的概念呢？我們就來驗證一下。

① He encouraged him to try again.
S   V   O   to do

② His advice enabled him to succeed.
S   V   O   to do

如何呢？只要將及物動詞直接作用於 O（受詞）的概念套用進去，句子的意思就會變得活靈活現。

接著將經常採用「SVO to do」形式的動詞歸納如下，畫成概念圖吧。

• allow O to do　「允許 O 去做～」

He allowed me to use his skateboard.

「他允許我用他的滑板。」

• permit O to do　「准許 O 去做～」

She permitted me to enter the room.

「她准許我進入這個房間。」

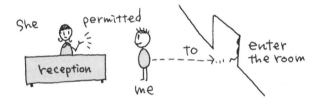

• force O to do*　「強迫 O 去做～」

He forced me to go to bed.

「他強迫我去睡覺。」

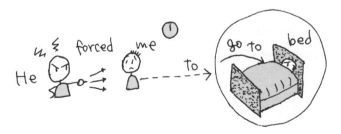

---

* 強度低於 force 的 compel O to do 也有幾乎相同的含意。

• cause O to do 「因為 O 去做～」

Her funny face caused me to laugh.

「她逗趣的臉讓我笑了出來。」

• remind O to do

「提醒 O 去做～（讓 O 想起，讓 O 注意到）」

He reminded me to buy an onion.

「他提醒了我要去買一顆洋蔥。」

• invite O to do 「邀請（請求）O 去做～」

I invited him to attend the party.

「我邀請他參加這場派對。」

• persuade O to do 「說服 O 去做～」

I managed to persuade him to stop smoking.

「我想辦法說服他不要抽煙。」

• lead O to do

「讓 O 想去做～」「誘使 O 去做～」

Curiosity led* him to look into the paper bag.

「他在好奇心誘使下看了紙袋裡面。」

〔直譯〕「好奇心誘使他看了紙袋裡面。」

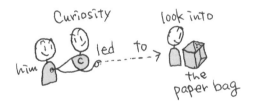

---

*lead 的動詞變化是 lead-led-led。
**warn「警告」經常用在 SVO not to do 的形式當中，所以只有這個例句用了 not。

● leave O to do 「任憑 O 去做～」

I'll leave you to choose which way to go.
「我會任你選擇要走哪條路。」

● warn O not** to do 「警告 O 不要～」

She warned him not to do such a thing.
「她警告他不要做那種事。」

　　只要能理解及物動詞的概念和 to do「朝向未來」的概念，英文句子就會變得活靈活現，這種感覺單憑死記是很難了解的。

為什麼 hope 不採用 SVO to do 的形式？

就如之前再三提到，「及物動詞會直接作用於受詞（或是與受詞直接連結）」。

hope ～「希望～」只是在心中期盼，無法直接作用於人事物，所以不會採用 SVO to do 的形式。

並非直接
作用於對方的概念

反觀與 hope 意義相似的 expect ～「預期（料想）～」，則是表示強烈期待對方的心理。使用時會採取 SVO to do 的形式，代表「期待 O 去做～」。我們就參考以下的概念圖，將它與 hope 加以區別並進行歸納吧。

He expected her to agree with him.
「他期待她會同意他。」

直接
作用於對方的
心理

cf. want Ⓐ to do Ⓐ「想要人去做～」是與此相似表現。

8　「被排擠」的不及物動詞

　　前面再三提到了及物動詞所具備的概念——「及物動詞會直接作用於受詞，或和受詞有所連結」——這個強而有力的原則。

　　然而，有幾個動詞並不符合這個原則，乍看之下就像是「被排擠」了。

　　以下 3 個動詞表現雖然是後面跟著介系詞的不及物動詞，卻與受詞有直接連結。大家是否可以感受到呢？

- **belong to ～**　　　　「隸屬於～」
- **depend on ～**　　　　「依靠～」
- **participate in ～**　　「參加～」

　　不管「隸屬於」、「依靠」還是「參加」，感覺上就是透過受詞直接連結到某個集團。這一點會讓人覺得這些是及物動詞。

　　然而，這 3 種動詞表現有著及物動詞絕不會有的共通點；也就是說，這 3 個動詞的意思都幾乎（或完全）不會影響做為受詞的團體或個人。

　　比方說，隸屬於（belong）社團的成員就算有一個人退出，社團也會存續下去。如果沒有人來依靠（depend），被依靠的那方會比較輕鬆。既然擁有足以讓人依靠的能力，就算沒人依靠他也沒有多大的差別。

　　即使參加（participate）奧運或大賽的團體或個人少了 1 個（1人），活動也會照常舉行。

從龐大的團體看來，「小蝦米」的作用想必敵不過及物動詞具備的強力效果。

　　這裡會參考以下的概念圖，整理上述３種表現的相關知識（前面提到的 enter into ～「入會（加入）～」也會放進這個類別當中）。

　　（為求方便起見，龐大的團體（存在感）會標上⼤的記號，「小蝦米」會標上⼩的記號。）

He belongs to the soccer club.

「他隸屬於這個足球社。」

You can depend on Tom to help you.

「妳可以依靠湯姆來幫妳。」

　　附帶一提，rely on ～，count on ～這兩個意義相近的表現也是不及物動詞。

He participated in the program.

「他參加了這項計劃。」

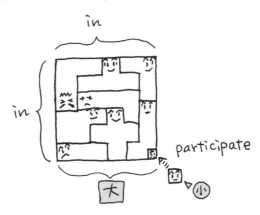

9　及物動詞與不及物動詞意思大不同的單字

　　明明是同一個單字，當作及物動詞和不及物動詞時意思卻截然不同。以下 3 個動詞就是代表性的範例，好好記住概念上的差異吧。

● stand　⑦「站立」
　　　　　⑧「經得起（忍受）〜」

不及物動詞
就只有自己站著→
不作用於其他東西
→不及物動詞。

及物動詞
「經得起，忍受」與受詞
（心理上的）關係密切→
及物動詞。

I can hardly stand the noise.
「我簡直無法忍受這股噪音。」

● run　「跑」

　　　　及「經營（營運）～」

不及物動詞

就只有自己在「跑」→
沒有作用於其他東西
→不及物動詞。

及物動詞

「經營～」會直
接作用→及物動
詞。

● count　不「重要 *」

　　　　　及「數數～」

不及物動詞

單純陳述事物的性質→
沒有作用→不及物動詞。

及物動詞

數東西時的數字與東西
關係密切→及物動詞。

及物動詞與不及物動詞的概念

13

*「數數」→「算得上」→「重要」。算不上的東西不重要。

Chapter

14

其他文法
重要事項

1 ～ hundred 與 hundreds of ～

　　hundred「100（的）」這個詞在寫成 one hundred「100」、two hundred「200」、three hundred「300」…的時候，就算加上 two 或 three，形式也不會改變。

　　然而，如果寫成 hundreds of ～「幾百，好幾百～」的時候，卻要加上「複數的 -s」，到底為什麼呢？

1 ～ hundred

　　首先就從～ hundred 開始說明，請各位在腦中設想幾個 100 的倍數。沒錯，就是 100、200、300……這時會變化的只有百位數。我們可以想像是只有百位數會卡嚓卡嚓地變化的計數器。

卡嚓　　　　　　　卡嚓

　　只有百位數變化成 1、2、3，個位數和十位數仍然是 0。同樣的，hundred 也會維持原樣，不會變成 hundreds。

2 複數的 -s

　　原本名詞會加上複數的 -s，如下一頁的概念圖所示，有好幾個同樣（類似）的東西。

flowers / cars / dogs

　　然而，two hundred 或 three hundred 只有百位數改變，不像 flowers 或 cars 一樣能夠具體數出「1 個、2 個……」。

　　英文原則上只會替可以數出「1 個、2 個……」的東西加上「複數的 -s」。這類具體的東西是能夠與其他東西分開（獨立出去）的。

3　當作形容詞使用的名詞

　　那麼，two hundreds flowers「200 朵花」怎麼樣呢？相同型態（類似）的東西有 200 個，✕ two hundreds flowers 似乎也説得通。但這樣是不行的。為什麼呢？因為英文還有 1 項重要的規則。

　　那就是如果將名詞當作形容詞 * 使用時，該名詞就不會變成複數形式。

　　或許有人會説沒聽過這樣的規則，但其實它就存在於我們意外熟悉的地方。

- **bookshop**　［**bookstore**］　「**書店**」
- **shoe shop**　［**shoe store**］　「**鞋店**」

---

* 將名詞緊接在名詞之前，前面的名詞就會帶有近似形容詞的感覺，用以修飾後面的名詞。（例）baseball 名→ a baseball mitt「棒球用的手套」

- **car dealer**　「汽車商」
- **flower bed**　「花壇」

　　明明販賣 books 卻是 bookshop；明明販賣 shoes 卻是 shoe shop；明明販賣 cars 卻是 car dealer；明明種植 flowers 卻是 flower bed，這就跟形容詞的 beautiful 或 good 不會變成複數一樣。

　　因此，two years 是名詞片語「2 年」，但如果是形容詞片語「2 歲的」，就會變成 two-year-old，而不是 two-years-old*。

4　hundreds of ～「幾百～」，thousands of ～「幾千～」

　　那麼，為什麼 hundreds of ～要加 -s 呢？既然加上「複數的 -s」，概念就如前面所言，有好幾個相同（類似）的東西。感覺上就是「有好幾個 hundred 的集合體」。

同樣的，thousands of ～「幾千～」的概念也是「有好幾個 thousand 的集合體」。

---

* 不過，當後面跟著複數形的名詞時，就會變成 women drivers「女性駕駛（們）」。另外，centuries-old「幾世紀之久」也是為了呈現所需語感才用複數形。

2 up 與 down

基本上，up 是副詞，意思是「往上」；down 也是副詞，意思是「往下」。

- **jump up**　　「往上跳」
- **look up**　　「往上看」
- **come down**　「走下來」
- **sit down**　　「坐下來」

然而，就如 up and down「往返」、come down from Tokyo「從東京過來」、go up from the country「從鄉下到城裡」，或是 go up to London「去倫敦」一樣，也有很多的 up 和 down 的位置並不在「上面」或「下面」。更不可思議的是，這裡的 up 和 down 感覺並不能直接翻成上下。為什麼呢？

導航

各位知道汽車的導航系統（navigation system）嗎？就算汽車前進，轉到哪個方向，也會時時將自己現在所在地標示在畫面的中央。

正如同導航的例子，在英文的世界當中也有一種傾向，那就是將自己的所在地當作自己所處的世界中心。從自己所在的地方

（中心）往不在的方向移動時用 down，從自己不在的地方往所在的方向（中心）移動時用 up，會以以高低感表達中心的重要程度。

I was walking down the street.

「我走在大街上。」

感覺上就是往自己不在的方向。唯獨 down 無法翻譯出來。

She came up to me.

「她到我這裡來。」

感覺上就是往自己所在的方向。唯獨 up 無法翻譯出來。

使用這些翻譯不出來的詞彙或許會覺得彆扭，但其實在日文當中，也有幾個概念相似的表現。

比方像是鐵路用語「上行／下行」。以東京地區來說，鐵路網是以東京站為中心擴散，所以往東京站的電車稱為「上行」，從東京站發車的電車則稱為「下行」（譯註：台灣的「上行／下行」則是「北上／南下」的意思，與日文不同。）。

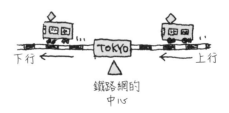

另外，前往東京這個日本政治經濟的中心時也稱為「上京」。前往學校這個學生的「中心」時也稱為「上學」，回家時也稱為「下課」。再者，京都是以御所為中心，前往御所（北上）時會使用「往上」來標示地址。

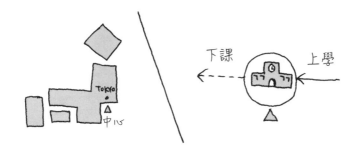

只要知道熟悉的類似概念，就會覺得這個表現很親切，也就更容易吸收到腦子裡。

3　主動與被動的模糊地帶

學習英文時要記得動詞的「做～」有主動的意思，「被（做）～」有被動的意思，區別兩者的重要性無庸置疑。

但不可思議的是，名詞就完全是兩回事。

假如沒有充分了解這一點，就只會沒頭沒腦增加死背的內容，那就要小心了。

以下就舉 interest 這個詞為例。這個詞的意思是「興趣、關注」。現在請打開字典查查其他意思。其中是不是有「勾起興趣（關注）」的意思呢？

或許各位認為意思差異不大，但在畫成圖之後，就會發現兩者有很大的不同。

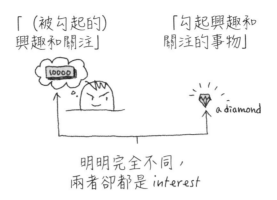

「（被勾起的）
興趣和關注」

「勾起興趣和
關注的事物」

a diamond

明明完全不同，
兩者卻都是 interest

　　怎麼樣？完全不同對吧。diamond「鑽石」是引起一個人興趣和關注的事物，在英文的世界當中屬於主動。反觀一個人擁有的興趣和關注因為 a diamond 被勾起，則屬於被動的性質。換句話說，1 個詞彙會擁有主動和被動這兩種截然相反的意思。

　　或許各位會覺得意外，但在我們熟悉的單字當中，也有一些我們會不經意地使用，而沒有發現到反義的但字，那就是 drink「飲料」和 watch「手錶」。

　　這兩個詞彙當動詞用時分別是「喝～」和「（盯著）看～」，屬於主動的性質；但當名詞用時則是「飲料」（被人喝的東西）和「手錶」（被盯著看的東西），屬於被動的性質。

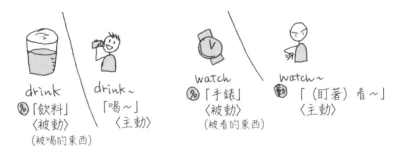

drink
名「飲料」
〈被動〉
（被喝的東西）

drink～
「喝～」
〈主動〉

watch
名「手錶」
〈被動〉
（被看的東西）

watch～
動「（盯著）看～」
〈主動〉

假如只是這樣倒沒什麼大不了，麻煩的是其他許多重要詞彙也符合相同原則，這是讓人難以記住字義的原因之一。

　　respect 就是個有點困難的例子。這個詞主要的意思是「尊敬，敬意／尊重，顧及／注意」。「尊敬」與「尊重」類似，「顧及」幾近於「注意」，看到這裡還可以設法搞懂。

　　然而，這個詞還有一個意思是「方面」，in this respect 就是「在這方面」，屬於重要詞彙。這跟「尊敬」或「注意」的差異太大，通常就只能背下來。

　　不過，只要套用前面列舉的「名詞的主動和被動含糊不清」這項原則，就能輕鬆了解。換言之，別人表示「尊敬（尊重／注意）」的是某人的「（某一）點」。反過來說，那一「點」就是別人表示「尊敬（注意）」的地方。

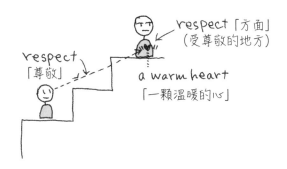

　　以下是具有主動／被動含意較為重要的詞彙一覽表，我們必須依照自己的方式了解這些東西。

首先是常用的 ～ ing 形（囯…主動，被…被動）

painting	囯 畫圖〈動名詞〉	
	被 圖畫	被畫的東西
writing	囯 寫(文章)〈動名詞〉	
	被 文書／文件	被寫的東西
finding*	囯 發現〈動名詞〉	
	被 被發現（的東西）	
washing	囯 洗滌〈動名詞〉	
	被 洗滌物	被洗的東西
setting	囯 配置（調整）〈動名詞〉	
	被（故事）背景／（時代）設定	被 set 的東西
offering	囯 提供，申請〈動名詞〉	
	被（給神的)祭品／贈禮	被提供的東西
cutting	囯 切割〈動名詞〉	
	被（報紙的)剪報	被切割的東西

*find 被 也有「發現（物）」的意思，也就是被發現的東西。

其次這一類的詞彙是熟悉的事物。

love	囯 愛情	戀愛的心情
	被 喜歡的人，情人	被愛的人
work	囯 工作	
	被 作品	因為工作而被製作的東西
dish	囯 盤子	盛放菜餚的東西
	被 菜餚	被盛放在盤子上的東西
sense	囯 感覺，品味	感覺的能力
	被 感官，心情／意義	被感覺的東西
sight	囯 視力，視覺，觀看	觀看的能力
	被 視野／景色	看得見的東西
speech	囯 言語能力，説話能力	
	被 演講	被説的事情
look	囯 觀看	
	被 外觀，模樣	被看的東西

note	主 注目	
	被 筆記，記錄	被注目的東西
need	主 必要（性）	需要
	被 必要的東西	被需要的東西
memory	主 記憶力	回想（回憶）的能力
	被 記憶，回憶	被想起的事情
choice	主 選擇	選擇
	被 被選擇的東西（人）	
waste	主 濫用，浪費	濫用
	被 廢棄物，垃圾	被濫用的東西
challenge	主 挑戰	
	被 難題，頗有作為的工作	被挑戰的事情
wonder	主 應該吃驚的事情	驚人的事情
	被 驚訝	被嚇到的心情
necessity	主 必要(性)	需要
	被 必需品 必要品	被需要的東西
cut	主 砍斷 切割 削除	cut
	被 刀傷 刻痕	被 cut 的地方

以下僅供參考。

consideration	主 深思熟慮，仔細思考	
	被 該被考慮的事情	
attraction	主 吸引（人）的東西，吸引力	
	被 被吸引的人事物	
curiosity	主 珍奇的東西／古董	激發好奇心的東西
	被 好奇心	因為珍奇的東西而被激發的心情
accomplishment	主 達成	
	被 被達成的事情	
establishment	主 設立	
	被 （被設立的）機關	
creation	主 創造	
	被 創造物	被創造的東西

acquisition	主 獲得，取得／企業併購	獲得
	被 獲得（學到）的東西	被獲得的東西
catch	主 捕獲，捕捉	
	被 漁獲額（量），捕到的獵物	被 catch 的東西
pursuit	主 尋求，追求	
	被 娛樂／學業，工作	被 pursue 的東西
deception	主 欺騙	
	被 被騙	

　　另外，雖然不是主動／被動的相對關係，不過 layer「層」是被 lay（平放）的東西，plant「（整座）工廠」是被 plant（栽種）的東西。

 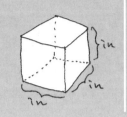 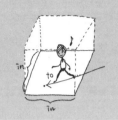

介系詞篇

for

for 是介系詞當中字義最五花八門，概念也最多樣化的介系詞。不過，只要逐一摸索概念的變化，就可以精通它的用法。

1 「～在面前」類用法

基本概念圖

概念是對方在自己面前的感覺。

1 「～為了」

This is a present for you.

「這是為了你準備的禮物。」

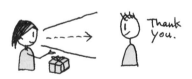

為了某人做某事的時候，對方自然會在自己的正對面。

2 「尋求～」

　　look for ～這個慣用語是「尋找～」的意思。look 是「觀看」，for 是「尋求～」的意思。

　　假如一個人在尋求什麼，就會朝向那個方向。所以 for 所具備的「東西在自己面前」這項概念，就會連結到「尋求～」的意思。

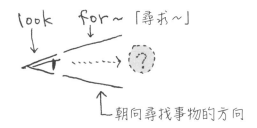

　　朝向尋找事物的方向

　　其他使用「尋求～」for 的慣用語如下所示：

ask for ～「尋求～」，call for ～「要求～」，apply for ～「申請～，報名～」，hope for ～「希望～」，long for ～「渴望～」。

3 「去～，前往～」

　　從「受詞在面前」的基本概念，延伸出「去～，前往～」的意思。因為目的地就在眼前。

The train for Tokyo 「去東京的電車」

the train for Tokyo

for

使用「前往～」for 的其他表現就如以下所示：

head for ～「前往～」，leave (A) for ～ B「（從 A）出發前往 B」，be bound for ～「去～」，make for ～「走向～」。

4 「為了～」〈目的〉

目的是未來的事，人類正是為此而努力，所以能夠畫成如下的概念圖：

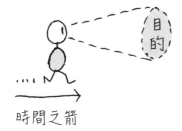

時間之箭

What do you walk for?
「你為了什麼而走？」

其他使用「目的」for 的表現如下所示：

for exercise「為了運動」，for fun「為了好玩」，for the purpose of ～ ing「為了～目的」。

5 「贊成～」

從「朝向對方的方向」的示好概念，產生「贊成～」的意思。

Are you for or against it?
「你是贊成還是反對？」

【參考】「反方向的箭頭」

Chapter 14 將會詳細說明，反方向箭頭的概念會用在「反對～」的意義上。

2 「範圍」類用法

這裡要將話題拉回 for 的基本概念。

「為了你」（for you）這句話的意思，當然就表示「你」除外的人不在關心範圍之內。

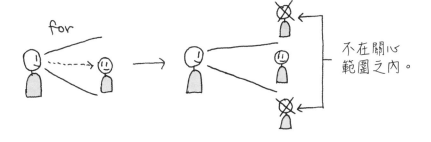

不在關心範圍之內。

這也就是說，for 的基本概念當中存在 2 條斜線，表示一個人關心的範圍。於是 for 還可以加上代表「範圍」的概念。

「範圍」的 for

假如換個角度運用 for 表示「範圍」的概念，就能夠輕鬆理解以下 2 個含意。

1 「～之間」

for 的基本概念當中，人的方向要朝 90 度，再將「時間之箭」放在面前。這樣一來，我們就能輕易明白 for two years「2 年（之）間」為什麼要這樣用。

2 「以～來說」

在 for 包含的意思當中，最難懂的就是這個。不過，只要應用前面提到的「～之間（的）」概念圖，就會變得簡單易懂。

She looks young for her age.
「以她的年紀來說，她看起來很年輕。」

這個範圍當中看起來很年輕。

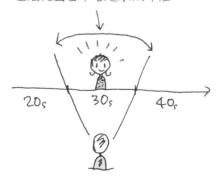

It is too hot for this time of the year.

「以一年的這個時期來說，實在太熱了。」

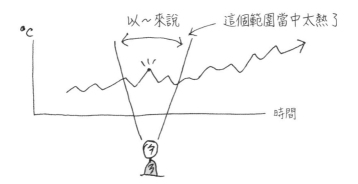

換句話說，第 1 個例句並不是代表「她」看起來絕對年輕，而是在她年齡的範圍內看起來年輕。另外，第 2 個例句「It」所表示的氣溫，指的是一年特定的範圍當中太熱。

3 「代替～／以～交換」類用法

只要使用 2 個簡單的例句，就可以再認識 2 個 for 具備的重要含意。

1 「代替～」

I'll go shopping for you.

「我會為了你去買東西。」

為了某人做某事的意思，就是在該情境中代替某個人做某事，所以譯文會變成以下的譯文：

「我代替你去買東西。」

「為了～」　　　　　「代替～」

「以～（的價格）」

I bought it for 1,000 yen.
「我以 1,000 日圓交換購買。」

買東西就是付錢代替東西。因此「代替～」會轉換成「以～交換」，翻譯再變化成「以～（的價格）」。
「我以 1,000 日圓購買。」

代替～
→「以～交換」　　　「以～（的價格）」

「填補」的 for

這裡要以不同於前述的觀點，來回顧 2 個例句。

3- 1 的例句當中，是由去購物的 A 先生代替不去的 B 小姐。這可以解讀成兩人是填補的關係，B 小姐什麼都沒做的「負號」，會被 A 去購物的「正號」填補。

3-2 的例句也一樣，支付金錢（貨款）的「負號」會被得到物品的「正號」填補。

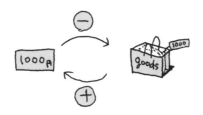

這 2 個例句所包含的共通概念就是「填補」。就如果負數是一個動，就要用能牢牢堵住這個洞的正號填補，如以下概念圖所示：

「填補」的概念圖

運用 for「填補」的概念即可輕鬆了解以下表現。我們就來驗證一下⊖的損失或損害是怎麼用⊕的行為填補吧（為了輕鬆理解⊕與⊖的填補關係，英文中會加注⊕與⊖）。

- make up for ～　「彌補～」

It's hard to <u>make up</u> (for) <u>lost time</u>.
　　　　　　⊕　　　　　⊖

「失去的時間很難彌補。」

- blame A for B　「為了 B 責怪 A」

They <u>blamed him</u> (for) <u>the accident</u>.
　　　⊕　　　　　　　　⊖

「他們為了那場意外責怪他。」　（意外是他的錯）

- forgive A for B　「為了 B 原諒 A」

I <u>forgave him</u> (for) <u>what he did</u>.
　　⊕　　　　　　　⊖

「我因為他所做的事原諒他了。」

- punish A for B　「為了 B 懲罰 A」

They <u>punished the children</u> (for) <u>the mischief</u>.*
　　　⊕　　　　　　　　　　　⊖

「他們為了惡作劇一事懲罰孩子們。」

　　理解這些表現之後，就算⊖（負號）或⊕（正號）更大，也能夠解讀其中含意。

　　以下的表現也是類似範例。
- **compensate for ～**　「補償～」
- **thank Ⓐ for ～**　「因為～感謝Ⓐ」

*mischief「惡作劇」

as 這個介系詞常用於「當作～」的意思。

① **He treated the child as a baby.**
              A   B

「他把那孩子當作嬰兒對待。」

② **I regard him as a responsible man.**
      A   B

「我認為（看）他是個值得信賴的男人。」

將 A 和 B 透過表示「當作～」的 as 結合，就等同於「＝」。
①的例句當中 the child ＝ a baby，②的例句當中 him（he）＝ a responsible man。

接下來，就讓 3- **3** 第一個例句的概念圖再次登場。

A 先生代替 B 小姐做什麼，指的是 A 先生去做 B 小姐的工作。因此，以工作來說 A ＝ B 的關係是成立的。另外，假如以 1,000 日圓買東西，從買方看來「商品＝ 1,000 日圓」。

換句話說，雖然 for 具備的含意跟 as 不同，但也可以說 for 隱含了連結 2 個名詞間的「＝」（等於）的意思。這麼一想，for 的意思當中有等於的概念「當作～」就相當理所當然。

使用「當作～」之意的 for ～表現如下所示：

• **take A for B**　「誤以為 A 是 B」
〔直譯〕「把 A 當作 B」

• **take ～ for granted***　「把～視為理所當然」
〔直譯〕「把～當作被（一般人）允許（的東西）」

• **pass for ～**　「被認為～（被看成～）」
〔直譯〕「那個 10 幾歲的青少年被當作 20 歲的人。」

• **for the first time**　「第一次」
〔直譯〕「當作第一次」

*grant「允許～」（以上的範例當中，省略了代表一般人的 by them（by people）。）

for 的總結

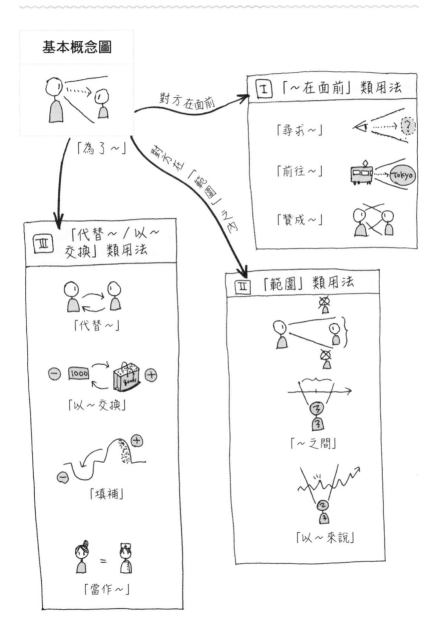

基本概念圖

對方在面前

I 「～在面前」類用法

「尋求～」

「前往～」

「贊成～」

「為了～」

範圍性「範圍」之內

III 「代替～／以～交換」類用法

「代替～」

「以～交換」

「填補」

「當作～」

II 「範圍」類用法

「～之間」

「以～來說」

Chapter

2

of

of 和 off 相似並非偶然。off 原本就是從 of 分裂而成。off 多半表示單純的「分離」，反觀 of，則具備了 2 個乍看之下相反的性質。

1 of 的 2 個概念

這項性質就是「相依卻相離，相離卻相依」。看起來像是謎語，但以結論來説，只要這句就會很管用。

那麼，我們就馬上看看第 1 個概念吧。

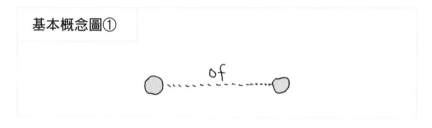

上圖的 2 個 ◯ 相離，卻以虛線連結在一起，所以是相依，代表相離卻相依。

另 1 個概念則如以下所示：

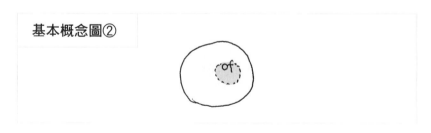

大〇當中的小〇以虛線劃分開來，卻沒有完全劃清界線，所以也是相依。儘管基本概念看起來完全不同，但同樣都是表示「相離卻相依」。

接下來將會說明 of 具備的主要含意及其概念，上一頁列舉過的幾個意思能夠彙整成 2 個單純概念，請各位務必對照看看。

2 彙整在基本概念圖①的表現

A 與 B 雖然相離，卻讓人感覺到 of 居中連結。

1 「～的」〈隸屬〉

He is a member of the club.　「他是那個俱樂部的成員。」

即使相離，也能感覺到與俱樂部的連結。

「～的」〈同位〉

比方說，就算是 the name「名字」，也會有很多種，必須跟具體的名字連結。

the name of Maryt　「瑪莉的名字」

「有～性質的」*

人事物具有各種性質，of 能用來連結人事物及其性質。

He is a man of ability.　「他是個有能力的男人。」

---

*of ＋抽象名詞當作形容詞片語的用法也很重要。（ ex.）of importance ＝ important
of use ＝ useful

〔類似範例〕

a man of courage「英勇的男人」，**a man of action**「行動派」。

It is very kind of you to help me.
「你幫了我，真是太好心了。」
It was careless of you to forget it.
「你真是不小心，竟然忘了這件事。」

It is 後面使用代表人類特質的形容詞，表示「你真是……」的句型，只要想成是將自己針對對方的判斷與對方連結起來，就會豁然開朗。

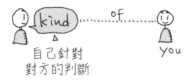

自己針對
對方的判斷

you

4 「從～」〈分離〉

這裡要先從以下的例句談起。

- **10 kilometers south of Tokyo**
「從東京往南 10 公里」

- **within walking distance of the school**
「從學校到徒步圈內」

- **wide* of the mark**
「沒射中靶子」
〔直譯〕「從靶子拉開距離」

- **fall** short of ～**
「達不到～」
〔直譯〕「從～很短（的距離）掉下來」

這 4 個例子都可以翻譯為「從～」，卻沒有使用 from ～「從～」。為什麼呢？

from 基本上是代表「出發點」（ ⬛ 介系詞篇，Chapter 11）。雖然常用於 from A to B 的文法形式，to B 的「B」卻是目的地。只要朝向目的地，從「A」這個出發點啟程時，大致的方向就已決定。

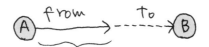

只要朝向 B，從 A 出發的方向就幾乎底定。

然而，前面列舉過的 4 個例子是什麼情況呢？就算提到「從東京往南 10 公里」，一般說到「南」的方位也是範圍廣闊，不曉得正確的方向。

---

*wide ⑱「拉開（距離）」
**「變成～」的 fall（ ⬛ 文法篇，Chapter 4）

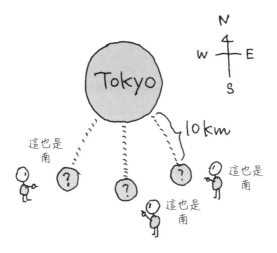

換句話說，of 實際的功能在於將不確定的地點和東京連結起來。

第 2 個例子 within walking distance of the school 的範圍就更廣了。

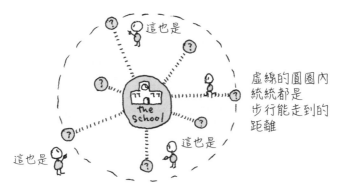

虛線的圓圈內
統統都是
步行能走到的
距離

這也跟前面的例子一樣，是將不確定的地點和 the school 連結起來。

總之我們可以說，「從～」的 of 會用在目的地的方向和距離目的地的距離都不明確的情境中；反觀 from 則非單純的「從～」，而是在朝目的地的方向已經（大致）決定時使用。

前面列舉過的其他慣用表現當中也有 of 的概念，敬請對照看看。

• **wide of the mark**　「沒射中箭靶」

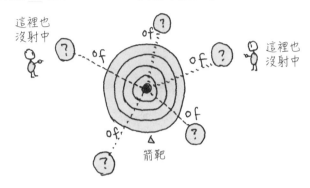

箭沒射中靶子時，箭的位置（以靶子為準的方向）和距離靶子的距離都不明確。這時就該由表示連結的 of 出場了。

直譯為「從箭靶（the mark）大幅偏離（wide*）」。

• **fall short of ～**　「達不到～」

這個概念是朝箭靶放出的箭中途掉落，並未抵達箭靶。既然不曉得箭的位置，就該由表示連結的 of 出場。即使如此，以箭靶為準的方向和距離也無法明確得知。直譯為「從（of）～很短（short）（的距離）掉下來（fall）」。

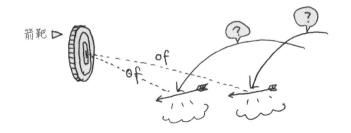

* 形容詞的 wide 有「（從箭靶）大幅偏離」的意思。

【參考】out of ～的 of

　　附帶一提，與 into ～「～當中」意思相反的 out of ～「從～往外面走」，其中的 of 同樣是不表示方向和距離的「從～」。單純離開往外面走時，並不會意識到是朝哪個方向、走到哪裡為止。

They came out of the house.
「他們從這棟屋子離開（往外面走）。」

方向和距離
參差不齊

5　「從～」〈要求〉

　　以下表示「要求」的慣用語，字典當中一律將 of 翻譯成「對～」。

- **ask A of B**　　　　「對 B 尋求 A」
- **require A of* B**　　「對 B 要求 A」
- **demand A of* B**　　「對 B（強烈）要求 A」
- **expect A of* B**　　「對 B 期待 A」

---

* require、demand 和 expect 後面的 of 有時會變成 from。

然而，只去記 of 要翻成「對～」並非明智之舉。能夠翻譯成「對～」的介系詞還有 to、for、at、in 和 on 等等。

這裡就列舉一下各種表現的例句。

May I ask a favor of you?
「我可以請你幫個忙嗎？」（我可以對你尋求幫忙嗎？）

Diligency is required of everyone.
「每個人都應勤勉。」（勤勉是對每個人的要求。）

She demanded an apology of me.
「她要求我道歉。」（她對我要求道歉。）

Don't expect much of me.
「請不要對我期待太多。」

接下來則要看看各種動詞的受詞。

從第 1 句算起依序是 favor「親切（的行為）」，diligency*「勤勉」，much（代名詞）「很多」。這些詞彙有個共通點，那就是統統都是無形的東西（形式不定的東西）。

favor「親切（的行為）」或 apology「道歉」是表示行動，沒有固定的形式。

diligency「勤勉」原本就是抽象名詞，就連位在哪裡都不曉得。

---

* 第 2 個例句是被動態。假如以 They 為主詞改成主動態，就會變成 They require diligency of everyone.，能夠辨認出 diligency 是 require 的受詞。

much「很多」是籠統的代名詞＊。

　　因此，就算説「對B『要求』A」，也不曉得A是位在B的哪裡，更不清楚該前往何方。

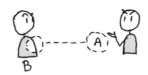

favor, diligency, apology 和 much
全都不曉得位在何處，而且也不知會前往何方
　　⟶ 方向和距離不明確的「從〜」⟶ of

B ⟶ (A) ⟵

從B那邊「要求」A

　　如果A和B都很含糊，只要使用前面提到的「方向和距離都含糊的『從〜』of」，就能用A of B妥善表達「從B那邊要求A」。
　　以下要追加內容，將前面例句的of直譯為「從〜」，敬請對照一下這些淺顯易懂的説明。

May I ask a favor of you?
〔直譯〕「我可以從你那邊尋求親切（的行為）嗎？」

Diligency is required of everyone.
〔直譯〕「勤勉要從大家那邊要求。」

＊ 這裡再追加一些各大動詞常用受詞的代表範例，統統都是無形的東西／抽象名詞，敬請對照。ask advice「尋求勸告」，ask an account「尋求説明」，demand an answer「要求回答」，demand payment「要求支付」，expect obedience「期待順從」。

She demanded an apology of me.
〔直譯〕「她從我那邊要求道歉。」

Don't expect much of me.
〔直譯〕「請不要從我那邊期待很多。」

3　彙整在基本概念圖②的表現

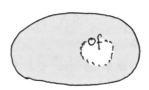

　　這張圖看起來跟基本概念圖①天差地遠，但這個概念圖是表現「將全部的一部分在腦海中區隔開來」的意思，就「讓人感覺相離卻相依」這一點來說是相同的。雖然在腦海中區隔開來，實際上卻是相依。

　　以下的用法皆以這項概念貫串，敬請對照。

• **a leg of the table**　　「桌子的腳」

在這個表現中，雖然是指著 4 支桌腳當中的 1 支，腦海中卻只將 1 支桌腳區隔開來。就算在腦海中區隔開來，實際上還是相依的。

1 「～當中的」〈集團的一部分〉

• **Some of the students**　「那群學生（當中）的一些人」

只有一部分會在腦
海中區隔開來

前面談到基本概念圖①的「隸屬」，也可以用以下的概念掌握含意。

• **He is a member of the club.**　「他是那個社團的一員。」

最高級經常使用「～當中最……」的表現，正好符合這個概念。

• **The fastest car of the three**　「3 輛當中最快的車」

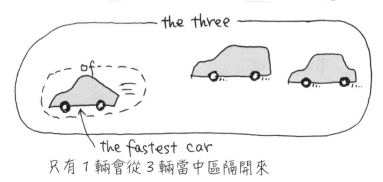

只有 1 輛會從 3 輛當中區隔開來

2 「～製的，用～做的」〈材質、材料〉

這個概念是把物品的材料在腦海中區隔開來。

- **This box is made of wood.**

「這個盒子是木製的。」

〔直譯〕「這個盒子是用木頭做成的。」

be made from ～可參照「介系詞」from（ ➡ 介系詞篇，Chapter 11）

- **This cake is made of flour.**

「這塊蛋糕是麵粉製的。」

〔直譯〕「這塊蛋糕是用麵粉做成的。」

- **a plate of glass**

「玻璃（製）的盤子」

〔直譯〕用玻璃做成的盤子

3 （以 A of B 的形式）「從 A 身上搶走（削除）B」〈剝奪、除去〉

　　明明是「of B」，翻譯後卻變成「從 A」，還真是不可思議。但只要畫成以下的圖，就能夠輕鬆理解。

- **rob A of B**　「從 A 身上搶走 B」

The man robbed him of his bag.
　　　　　　　　　 A　　　　 B

　　「那個男人從他身上搶走了皮包。」
　　〔說明式直譯〕「rob 他〔A〕之後皮包〔B〕就 of〔離開〕了。」

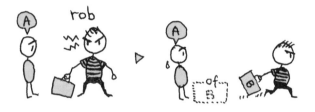

　　譯文當中「搶走」的受詞是 東西 ，但是 rob 的受詞是Ⓐ。就如「及物動詞與不及物動詞」的章節詳細描述的相同（➡文法篇，Chapter 13），後面緊跟著名詞的及物動詞具備「直接作用於受詞的概念」。rob（搶走）之後受到龐大影響的是人，所以英文會把 rob 人放在前面，後面再以（剝奪、除去（分離））的 of 表示 東西 從Ⓐ身上離開。

　　（ 類似表現 　deprive A of B「從 A 身上搶走 B」）

　　接下來的 clear ～「清理～」和 cure ～「治療～」也跟 rob A of B 的要訣一樣。

- **clear A of B** 「從 A 清理 B」

He cleared the table of the dish.

「他清理了桌上的盤子。」
〔說明式直譯〕「clear 桌子〔A〕之後盤子〔B〕就 of〔離開〕了。」

- **cure A of B** 「治療 A 的 B」

The doctor cured him of his disease.

「醫生治療了他的疾病。」
〔說明式直譯〕「cure 他〔A〕之後疾病〔B〕就 of〔離開〕了。」

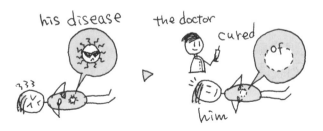

4 其他

　of 具備「在頭腦當中區隔開來」的概念，也可以從以下這 2 個重要表現當中驗證。

● **die of 〜**　「死於〜」

　die of 主要用在死因為「疾病或身體內部不適」的情況。下圖即顯示用 of 將位在身體內部的原因區隔開來的概念。

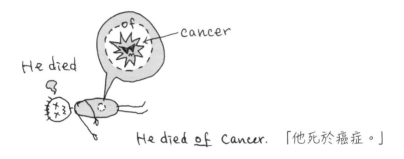

● **independent of 〜**　「從〜獨立」（↔ dependent on）
　獨立就表示精神和經濟方面要從以前依靠的事物區隔開來。

3 種「關於～」

有 3 個介系詞常常會翻譯成「關於～」。其中以 about 為代表，但其實 on 和 of 也都是同類。只要像下面這樣依照影響力的強弱順序整理歸納，就會相當有幫助。

```
───────3 種「關於～」───────
        of  <  about  <  on
```

同樣是「關於～」，語調的強度也會依照「on→about→of」的順序減弱。

① 詳盡的 on

on 以「接觸」為原則。既然 2 個東西是緊緊相接的，彼此就會關係密切。

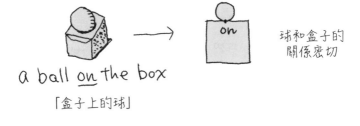

a ball <u>on</u> the box

「盒子上的球」

球和盒子的關係密切

我們就來舉例驗證 on 具備的影響力。

- **a TV program on** ～　　「關於～的電視節目」
- **a book on** ～　　「關於～的書」
- **a report on** ～　　「關於～的報告」
- **a lecture on** ～　　「關於～的講座」
- **an authority on** ～　　「關於～的權威」

每個範例的資訊量都很多，感覺相當詳盡。

② 其次為 about。概念如下圖。

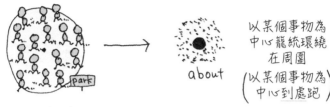

They walked <u>about</u> the park.

「他們在公園到處逛。」

　　我們就用以下實例驗證 about 所具備的「到處、種種」概念。

- **talk about** 〜　「談論關於〜（的種種）」
- **argue about** 〜　「議論關於〜（的種種）」
- **be doubtful about** 〜
  「懷疑關於〜（的種種）」
- **be anxious about** 〜
  「擔心關於〜（的種種）」
- **be curious about** 〜
  「對〜有好奇心」（想知道種種事情）
- **be particular about** 〜
  「講究關於〜（的種種）」

③ **再來是 of 的概念。**

　　雖然概念是連結 2 個東西（參照下一頁的圖），但用 of 連結的 2 個東西即使相離也可以。因為可以腦海中立刻連結起來。

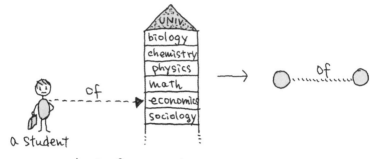

a student of economics
「學習經濟學的學生」

我們就以範例驗證 of 的語感。

- **be aware of**
「注意到～」（只是單純注意到，資訊量不多）

- **suspect A of B**
「因為 B 懷疑 A」（單純懷疑→不清楚詳情）

- **inform A of B**
「將 B 的事情通知 A」（一次能通知的資訊量不多）

- **warn A of B**
「警告 A 關於 B 的事」
（單純告知風險→資訊量不多）

- **hear of**
「聽說～的傳聞」（傳聞的資訊量不多）

- **know of**
「知道（聽說）～」（單純聽到傳聞→資訊量少）

將這 3 個介系詞的概念並列後，就可以一眼看出 2 個東西間的關連強度。

　　因此，就如這個專欄的開頭所言，3 種有「關於～」含意的介系詞，其關係可以表示如下：

```
————————3 種「關於～」————————
         of  <  about  <  on
```

# of 的總結

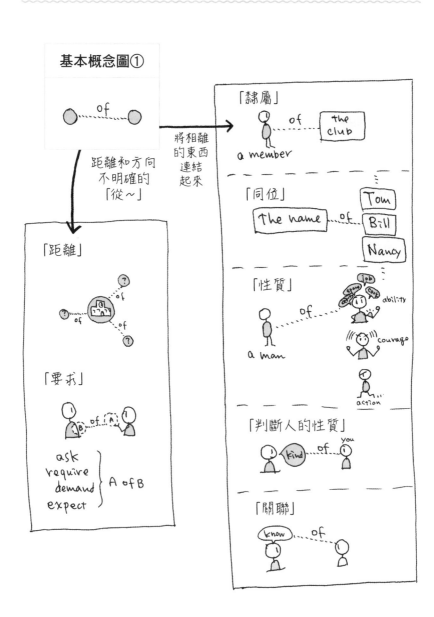

# of 的總結（續）

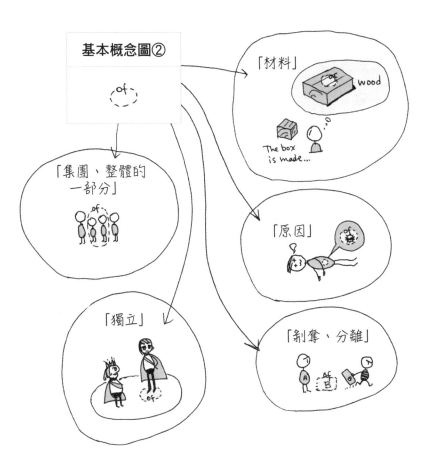

基本概念圖②

「材料」

The box is made...

「集團、整體的一部分」

「原因」

「獨立」

「剝奪、分離」

to

基本概念圖

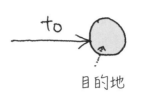

目的地

到達目的地的〔做〕「箭頭」

to 的使用方法五花八門,概念卻非常簡單。其功能自始至終都與上面的箭頭類似。

1 「往～(的方向),(前)往～」〈方向〉

• **I walked to the station.**
「我往車站走去。」

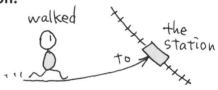

2 「(達)到～」〈程度〉

• **count to 100**
「數到 100。」

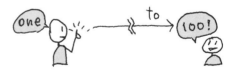

3 「對於～」〈動作的對象〉

• **talk to ～**
「對～説話」

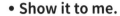

• **Show it to me.**
「對我展示那個東西」

以上 2 個例子都表示資訊藉由 to 送達對方的手上。

4 「到～」〈時間的範圍〉

• **from Monday to* Friday**
「從星期一到星期五」

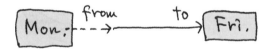

* 有時不確定星期五是否涵蓋在內，會使用 through 講明包括星期五。

- **an answer to my question**
  「針對我的問題回答」

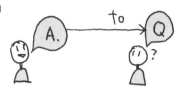

- **the key to the mystery**
  「解開謎題的鑰匙」
  〔針對〕

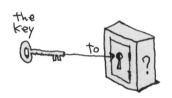

- **to my surprise**
  「讓我驚奇的事情」

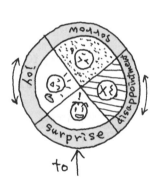

- **dance to music**　　「配合音樂跳舞」

- **be burnt* to death**　「燒死」
（直譯為「燃燒（燒焦）到死」）

- **be frozen to death**　「凍死」
（直譯為「冰凍到死」）

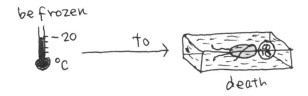

- **be moved to tears**　「感動到流淚」
（直譯為「（心靈）動搖到流淚」）

- **smash to pieces**　「粉碎」
（直譯為「碎成粉末」）

- **get tired to death**　「精疲力盡，疲憊不堪」
（直譯為「累得要死」）

---

*burn「燃燒／燒焦」的語尾也有 -ed 的規則變化。

have been to ～有 2 種翻譯的理由

have been to ～通常會翻成以下 2 句譯文：

① 「去過～」
② 「剛剛去過～」

為什麼 have been to ～有 2 種翻譯呢？理解 to 所具備的簡單概念，有助於了解這種表現。

have been 是 be 動詞的現在完成式，當然會有「經驗」（～過）和「完成」（剛剛～過）這 2 個意思。

另外，be 動詞會像 She is in her room.「她在她的房間裡」一樣翻譯成「在」。

既然如此，將 be 動詞的現在完成式直譯後，應該就會變成「在過」和「剛剛在過」。

我們將這種直譯搭配 to 具備的「箭頭」概念畫成圖看看吧。

I have been...

Hawaii

to

I have been to Hawaii.
「我『to 過』夏威夷。」

to 過 → go

　　前一頁的句子經過說明式直譯後，就會變成「我『to 過』夏威夷」。「to 過」（到達過）夏威夷必須要以去（go）夏威夷為前提方能成立，因此可以意譯為「去過」。

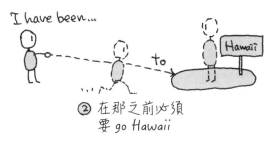

① to 過夏威夷⋯

I have been...

to

② 在那之前必須要 go Hawaii

to 過 → 剛剛去過才回來（go 了再 come）

　　反觀 I have been to Haneda Airport.「我剛剛去過羽田機場」經過說明式直譯後，則會變成「我剛剛 to 過（到達過）羽田機場」。既然要說「to 過」別的地方，就必須去（go）那裡，再從那裡回來（come）現在的地方。

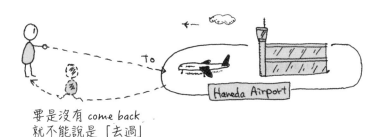

to

Haneda Airport

要是沒有 come back 就不能說是「去過」別的地方。

　　假如要翻譯得更自然，就會變成「剛剛去過～」。

to 與 for——將 SVOO 改寫成 SVO

　　將 SVOO 的句子改寫成 SVO ＋介系詞片語時，各位是否會為了 to 和 for 要怎麼靈活運用而傷腦筋呢？

　　我們就來檢視一下其原則吧。

I told him the story.
S V O O

→ **I told the story** to **him.***
S V O

「我對他說了那則故事。」

　　這一類動詞就像這樣，會在 SVOO 改成「SVO ＋介系詞片語」時使用 to。

---

to 類動詞

tell ～「告訴～」, give ～「給～」, lend ～「借～」, pay ～「支付～」, send ～「遞送～」, show ～「展示～」, teach ～「教導～」, write「寫（信）」等等

　　另一類動詞則是改寫如下：

He bought his children the video game.
S V O O

→ **He bought the video game** for **his children.***
S V O

「他買了那個電玩遊戲給孩子們。」

---

* 介系詞片語（介系詞＋名詞）不會成為句子的要素。

這一類動詞會在 SVOO 改寫成「SVO ＋介系詞片語」時使用 for。

for 類動詞

tell ～「告訴～」, **give ～**「給～」, **lend ～**「借～」, **pay ～** 「支付～」, **send ～**「遞送～」, **show ～**「展示～」, **teach ～**「教導～」, **write**「寫（信）」等等

那如果要改寫，就非得將這 2 類動詞一一背下來嗎？不，其實不用。只要確實掌握介系詞 to 和 for 的概念，就可以自行判斷要使用哪一個。

ⓐ to 的概念圖

to 的概念圖是「到達目的地的箭頭」。

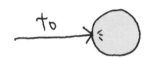

原則上使用 to 就蘊含了準時抵達目的地的意思。既然如此，使用「to 類」動詞的前提就在於以下 2 點：

① **對方就在眼前。**
② **知道對方位在哪裡。**

假如不知道對方是否在眼前或位在哪裡，物品就無法到達對方這個目的地。

這裡要將「to 類」動詞和 to 轉化為概念。和 to 搭配使用的動詞類別可分為 2 種模式，一種是表示物品移動，另一種是表示傳達資訊。

① 表物品移動的模式

在以下概念圖中，所有物品都會藉由 to 到對方那裡去，敬請對照。

give ~「給 ~」

send ~「遞送 ~」

lend ~「借 ~」

write ~「寫（信）給 ~」

pay ~「支付 ~」

② 表傳達資訊的模式

在以下概念中，資訊會藉由 to 傳達給對方，敬請對照。

tell ~「告訴 ~」

teach ~「教導 ~」

show ~「展示 ~」

ⓑ「為了～著想」的for

「為了～
著想」

其次是 for 的概念。for ～的基本意義是「為了～」，稍微改變解讀方式就會變成「為了～著想」。「我是為了你」也可以改寫成「我是為了你著想」。這麼一來，即使對方不在眼前，或是不知道在哪裡也沒關係。請透過以下的概念圖確認這一點。

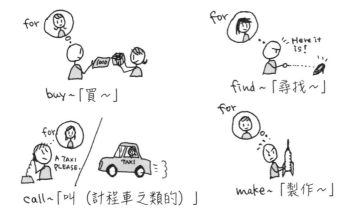

buy~「買～」

find~「尋找～」

call~「叫（計程車之類的）」

make~「製作～」

cook~「烹調～」

即使對方不在眼前，或是不知道在哪裡也都能做到。

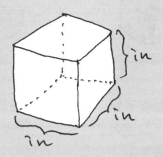

in

基本概念圖

in 是「～當中」，相信也有人會想到以下的概念圖。

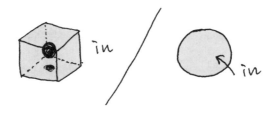

這 2 個概念都沒有錯。不過，假如要以透過一個體系理解 in 具備的各種含意，前面列舉的基本概念圖會比較有幫助。

請看以下的例子。

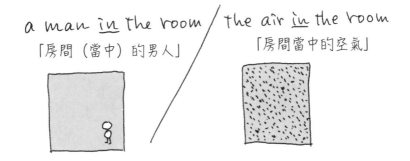

同樣是「～當中」，人類就只會在房間當中的 1 個地方。不過，空氣會幾乎均勻散布在房間當中。同樣是使用 in 的表現，給人的印象卻完全不同。

這 2 種情境都適用於開頭列舉的概念圖。

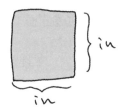

　　類似這樣確立概念圖之後，無論物品的位置像人類一樣只占了房間的 1 個地方，還是像空氣一樣遍布在房間四處，都可以使用。

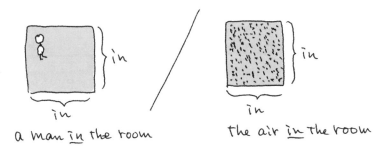

a man in the room / the air in the room

　　如果情境是立體空間，概念圖就會轉化如下：

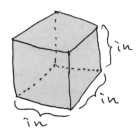

　　另外，像這種轉化概念的方法，能夠有效應用在所有接下來要談到的 in 主要用法上，讓學習更有效率。

比方像製作餅乾時，要用餅乾的模型做出餅乾麵團的形狀。

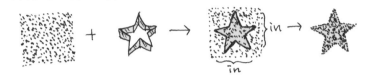

餅乾的麵團　餅乾的模型　　拿掉模型　餅乾的形狀！

此時就如上圖，放進模型當中的餅乾麵團會變成餅乾的形狀，由此可知放進某些容器當中就會變成那個形狀。

因此，in 就有了「『形狀』的 in」的用法。我們來舉幾個例子。

- **in a group**　「成群結隊」

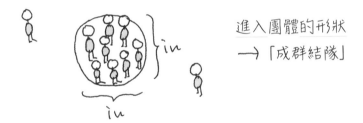

進入團體的形狀
→「成群結隊」

- **in circles**　「圍成圓圈」

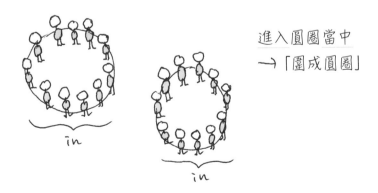

進入圓圈當中
→「圍成圓圈」

- **in a row*** 「（橫向）排成一列」

進入一列的形狀
→「排成一列」

- **wait in line** 「（橫向）排成一列」

進入線條的形狀
→「排隊」

- | **in what way** 「以什麼樣的方式」
  | **(in) this way** 「這樣的方式」（in 經常省略）
  | **in one's own way** 「以某人自己的方式」

　　in 的後面經常像這樣連接 way 使用。組合各種 way 和 in 的概念組合之後，會如下所示：

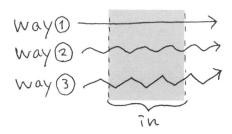

　　用 in 標示的範圍當中有各種形狀的 way，所以這個 in 也是「形狀」的 in。

*row「（橫向排成）一列，一排」

　　只不過，in one's way「妨礙～」所表示的狀態，是某個東西混進一個人接下來要走的路（way）當中。

假如 in 到 way 裡
之後就會變成
妨礙。

2　「穿上～」

　　人體穿進服裝當中，所以也會用 in～代表「穿上～」的意思。

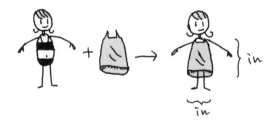

3　「範圍」的 in

　　以下的表現當中，只要把 in 當成「『範圍』的 in」，就能輕鬆了解。

•in a loud voice

「大聲」

（大聲的範圍內）

（　in a small voice）

• in good condition

「狀況很好」

（狀況很好的範圍內）

（　in bad〔poor〕condition）

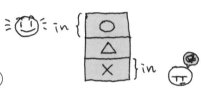

• in his twenties

「他 20 幾歲時」

（20 幾歲的範圍內）

• in the direction of ～

「～的方向」

「方向、方位」是從自己的所在地看到的大範圍。

He ran in the direction of the station.

「他朝車站的方向跑。」

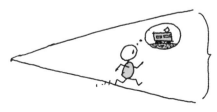

in the direction of the station

• in ～ ing
「做～的時候」

　　doing「時間之箭」是用來表示行為，所以一定會花時間。將 doing 和「時間之箭」（➡文法篇，Chapter 1）搭配後，doing 就會在時間軸上擷取一個範圍，如下圖所示：

　　假如將「『範圍』的 in」合成到這張圖上，就會變成以下的概念圖：

　　像這樣，就會變成「doing 的範圍」→「做～的時候」。

The device is very useful in cooking.
「這個設備在烹飪時相當好用。」

　　中文也會説「處於～的狀態當中」。英文的語感也類似於此。

- **in a hurry** 「匆忙」
（處於匆忙的狀態當中）

- **in anger** 「生氣」
（處於生氣的狀態（心情）當中）

其他情感表現
- **in despair** 「絕望」
- **in gratitude** 「感謝」
- **in sorrow** 「悲傷」
- **in joy** 「喜悦」
- **in grief** 「（深深的）悲痛」

其他「狀態」的 in
- **in trouble** 「困境」
（處於困境的狀態當中）

- **in difficulty** 「困難」
- **in debt** 「欠債」
- **in danger** 「危機」
- **in good shape** 「健康」
- **in order** 「按照順序／情況良好」

in 的總結

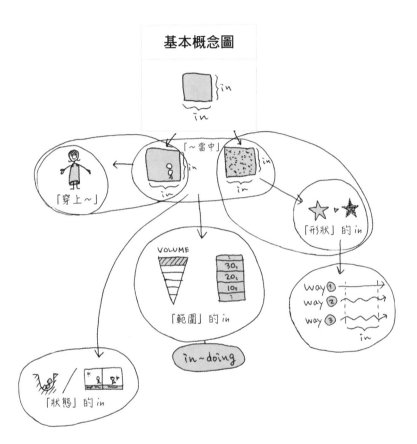

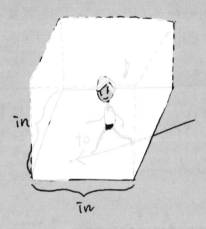

into

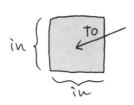

基本概念圖

　　into ～的基本含意是「～當中」。乍看之下跟 in 意思相同，不過就如 into 字面上所示，是結合了代表「範圍」的 in 和代表「到達目的地」的 to 組合。因為其中還包含了 to 這個元素，感覺得到行動的目的地和到達點，所以跟 in 大大不同。

into 的概念架構

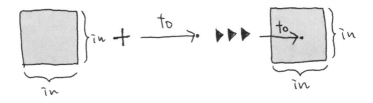

• **She walked into the room.**

「她走進房間當中。」

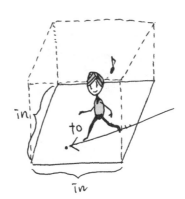

請對照以下的 into 範例當中，所有 in 和 to 的概念搭配。

1 「深度」的 into ── 物理上的「深度」

請對照下列 2 個例句當中 in 和 into 的不同。

• **He is swimming in the pool.**

「他在水池（當中）游泳。」

• **He jumped into the pool.**

「他跳進水池當中。」

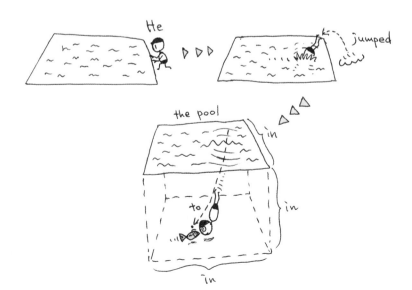

跳進水中之後就會往更深的地方去，深過貼近水面游泳的人，由此可知 into 感覺上比 in 還要「深」。

這裡再舉 2 個 into 概念是「（朝內部）深入」的範例。

- **She looked into* the paper bag.**
「她看了紙袋的裡頭。」

- **He bit** into the big apple.**
「他咬了一口大蘋果。」

2 「深度」的 into —— 時間的「深度」

into 具備的「深度」概念不限於物理上的深度。以下是時間「深度」的例子。

- **He studied far into the night.**
「他用功到深夜。」

- **She is well into her fifties.**
「她早已過了 50 歲。」

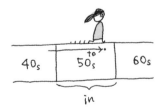

---

* look into ～也有「調查～」的意思。
** bit-bite「咬住，嚙咬」的過去式。

「深度」的 into——比喻的「深度」

　　如果要表達出比喻「深度」的感覺，就要使用表現深度的 into。表達深度之後，就能夠傳達出不言而喻的語感。

- **get [run] into difficulties**　「遇到困境，身陷麻煩」

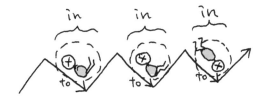

- **get[go] into debt***　「身陷債務」

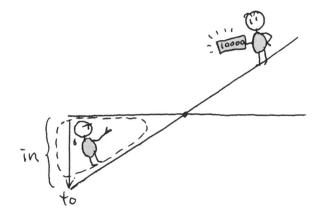

---

*debt「債務」

在含有「詳細調查」之意的重要表現當中也經常使用 into。這個詞能表達出「深入往下挖」的語感。

- **research into ～** 「研究～」
- **examination into ～** 「調查～」
- **investigation into ～**
「（正式的、科學上的）調查～」
- **inquire into ～** 「（查問）調查～」*
- **go into detail ～** 「詳細敘述」

以下的內容也請一併記住，當作用到「深度」into 的表現吧。

- **take ～ into consideration**
「考慮～」
consideration 的動詞形式 consider
是「（仔細）考慮～」** 的意思。
比 think 的意義更強烈。

- **take ～ into account**
「考慮，斟酌～」

另外，如同中文常會說「沉迷（喜歡的事物）」一樣，into 會用來表現「深深沉迷、無法自拔」的感覺。

* 改成 inquire about 之後就會變成「詢問～」，沒有使用 into 時那麼詳盡。
** 形容詞的 considerate 是「體貼」的意思。

• **be into ～**　「熱衷於～」
（平易近人的表現）

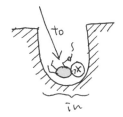

• **He is into video games.**
「他沉迷於電玩遊戲。」

「習慣」也是沉迷的一種。請對照以下範例。

• **go into the habit of ～**　「養成～的習慣」

• **fall into a bad habit**　「養成壞習慣」

4 「變化」的 into

所謂「深度」，指的就是有相當的落差。這樣的落差跟狀態大幅變化的概念有關。

請看下面的圖。

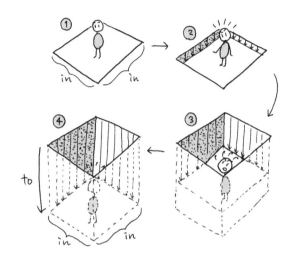

進入（in）某個空間當中的東西直接到達（to）某個深度後，原本看得見的東西有時就會變得看不見。原本看得見的東西變得看不見→大幅「變化」的概念。

因此，into 常用在事物變化成某個性質大相逕庭的東西時。

以下列舉的表現用到「變化」的 into，用 A 表示的東西會大幅變化成 B，敬請對照。

• **make** A **into** B 「將 A（改）製成 B」

make grapes into wine 「將葡萄製成洋酒」
     A   B

• **persuade** A **into** ~ **ing** 「說服 A 做～」

He persuaded his son into studying hard.
           A   B

「他說服兒子用功讀書。」

• A **break into** B 「A 突然開始～」

(≒ burst into ~)

She broke into laughter.
   A   B

「她突然開始笑。」

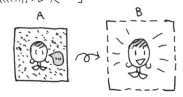

• **divide** A **into** B 「把 A 分成 B」

Please divide the cake into three pieces.
         A   B

「請把蛋糕分成 3 塊。」

以下的類似表現也是 A 大幅變化成 B，我們來對照一下。

- **translate** A **into** B 「將 A 翻譯成 B」

- **put** A **into** B 「以 B 表示 A」

- **put** ～ **into practice** 「實施 A」

- A **come into being** 「A 誕生（出現）」
  （≒ come into existence）

- A **turn into** ～ 「A 變化成 B」

- **turn** A **into** B 「將 A 變成 B」

- A **change into** B 「A 變化成 B」

- A **fall into** ～ 「A 陷入 B／突然變成 B」

into 的總結

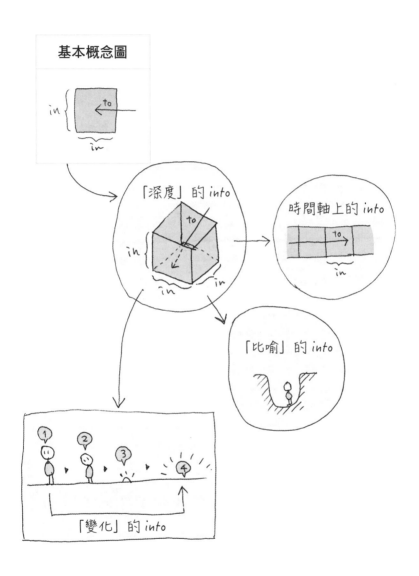

基本概念圖

「深度」的 into

時間軸上的 into

「比喻」的 into

「變化」的 into

Chapter

6

about

以某個事物為中心
籠統環繞在
其周圍的感覺

about

about 的基本概念圖是以某個事物為中心，籠統環繞在其周圍 * 的感覺。

1 〈關聯、關係〉「關於～（的）」

• **a book about cats**
「關於貓的書」
關於貓的書也會以貓為中心寫其周圍的
事情。

• **She talked about what she was interested in.**
「她在談關於自己感興趣的事情。」

她感興趣的所有事情

About 單純表示以某個事物為中心的周圍情況，當然不會展現所有「她感興趣的事情」。

---

*about 的 -out 這個拼法是「外側、周圍」的意思。

「大約～，大概～」的 about

將 about 的概念套用在數字線段上，就會如下所示：

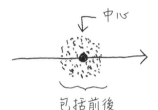

這麼一來，就會以某一點為中心包圍在前後，順理成章變成「大約～，大概～」的意思。附帶一提，這個 about 是副詞。

---

2 〈周圍、附近〉「～到處」

• He walked **about** the house for a few hours

「他在那棟房屋附近走了好幾個小時。」

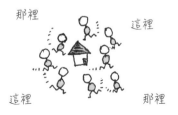

雖然語感稍有差異，但在英文中有 6 個常用於「擔心關於～」的表現。

- **worry about ～**　「擔心關於～，覺得不安」

- **be worried about ～**　「擔心關於～」

- **care about ～**　「擔心（在乎）關於～」

- **be anxious about ～**　「擔心關於～」

- **be concerned about ～**　「擔心關於～」

- **be uneasy about ～**　「擔心（不安）關於～」

雖然並不是每一次都必須與 about 連用，但幾乎所有的情境都會和 about 一起用。

about 的 概念圖就跟一個人擔心種種事情的概念圖相同。

about
擔心種種事情

about 具備的「種種」概念不僅限於「擔心（關於）～」。比方像是 **be curious about ～**「對～好奇心強烈」或 **be particular about ～**「講究～」，這些表現的 about 當中也可以解讀出「種種」的語感。

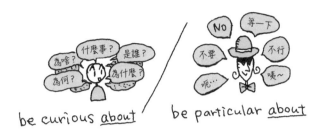

be curious _about_ / be particular _about_

　　另外，前面提到「關於～」的意思當中有著 of ＜ about ＜ on 的關係，只要靈活運用 of 和 about，就可以表現不同強弱的語感，如下：

- **complain about ～** ＞ **complain of ～**
「抱怨關於～」

- **think about ～** ＞ **think of ～**
「思考關於～」

- **boast about ～** ＞ **boast of ～**
「自誇關於～」

- **inform A about B** ＞ **inform A of B**
「將關於 B 的事情通知 A」

最後來總結幾個可以套用 about 概念 的主要慣用語吧。

- **There is something 圀 about 人**
「人有一種……的氣質。」

- **There is something noble about her.**
「她有一種高貴的氣質。」

about her

- **be about to do ～**　「正要～」

  He was about to go out.
  「當時他正要出門。」

  「時間之箭」

  （時間軸上）to 就在（be）go 的附近（about）
  →「正要 go」

- **bring about ～**　「引起～」
  （直譯為「帶到周圍（附近）來」）

  Its carelessness* brought about the accident.
  「這次不小心引起了這場意外。」

*carelessness　ⓝ「不小心」

• **come about** 「發生（事情）」
（直譯為「來到（自己）周圍（附近）」）

A major change came about on the surface* of the earth.
「地表發生巨大的變化。」

• **go about** ～ 「從事（工作）」
（直譯為「去（工作）的周圍（附近）」）

*surface ⓒ「表面」

about 的總結

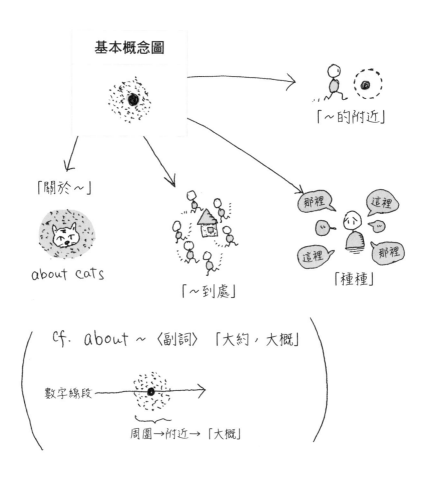

Chapter
7

on

「2 個東西緊黏在一起」（相互接觸）是 on 的基本概念。

1 〈接觸〉「在～的上面，緊黏在～」

說到 on，通常是以「在～的上面」的概念為優先。但如果是指緊黏，則哪個方向都可以用，不限於「上面」。

如果是指緊黏，哪個方向都可以。

a mug on the table

the fly on the ceiling.

the picture on the wall.

副詞的 on ①

如果是「接觸」的 on，就會在以下表現中當作副詞使用。

• **turn on** ～「打開～（的開關）」（也可以講成 switch on）

另外，衣物穿戴在身上也會用這個詞。

- **have ～ on**「穿戴著～」

He has a small cap on.

「他戴著一頂小帽子。」

〔類似範例〕• **put on ～**〔put ～ on〕「穿上～」
  • **try on ～**〔try ～ on〕「試穿～」

2 「重要性」

重量施壓的
概念圖

當上面的東西接觸下面的東西後，重量就會
往下壓。

只有 on* 這個介系詞具備了重量施壓的概
念。與其他不具備這種概念的介系詞相比，on
有著「必定如此」的強烈語調，也常跟意思強烈
的動詞一起使用。

- **put emphasis on ～**
  「強調～」
- **have an impact on ～**
  「衝擊（影響）～」
- **have an influence on ～**
  「影響～」
- **have an effect on ～**
  「對～有作用（影響）」

---

*against 的某些使用法具備重量施壓的概念。
He is leaning against the wall.「他靠在牆壁上。」

- **concentrate on** ～

「集中在～」

- **be intent on** ～

「堅持要（一心要）～」

- **be keen on** ～

「熱衷於～」

「負擔」

重量
↓
負擔

　　重量的概念可以連結到「負擔」，畢竟同樣都是重物。所以 on 會用於給予負擔和壓力的表現當中。

- **impose A on B**　「向 B 課徵 A」
- **taxes on imports**

「進口稅（進口貨負擔的稅金）」

- **pressure on** ～　　「對～施加壓力」

另外，指精神上的「負擔」時也會使用這個介系詞。

- **look down on** ～　「俯瞰（輕視）～」
- **be on one's mind**　「為～擔憂」
- **be hard on** ～　「對～嚴厲」
- **play a joke [trick] on** ～　「戲弄～」

　　假如是 look down「俯瞰」對方，就會變成 on「負擔」。反過來說，look up to ～「尊敬～」時就不用 on。

另外，on 也是積極意義上的「負擔」，會用於以下表現：

- **It's on me.**

「這頓由我請客。」（指由我來負擔）

副詞的 on ②

副詞的 on 也有「負擔」的意思。

- **take on ～**[take ～ on]

「承擔（工作）」

- **We can't take on any more work.**

「我們不能再擔下更多工作了。」

---

4 明確指出的 on

on 的特性除了讓人能感受到重量外，也會用來強調事物，建立「明確指出」的印象。

- **insist on ～** 「堅持（要做～）」

- **He insisted on waiting here until she came.**

「他堅持要在這裡等到她來為止。」

insist 是「堅持」的意思，會明確指出自己的想法。另外，reflect on ～「仔細衡量～」因為是針對事物充分思考，所以也會明確指出 on 的受詞。

• He reflected on the idea.

「他仔細衡量這個構想。」

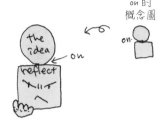

on 的
概念圖

「早晨、上午」是 in the morning，但若 on the morning of～
或 on the ～ morning 的「～」處連接修飾語，就必須用 on。為什
麼呢？

通常早晨是以 24 小時為週期天天到來，沒必要特別強調。

以 on
明確
指出

但如果像是 on Sunday morning「在星期天的早
晨」，或是 on the morning of her arrival「她抵達的
那個早晨」這樣，一星期一次或僅此一次時，the
morning 就會更加特定。所以需要用感覺比 in 還要
強烈的 on 明確指出。

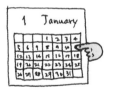

on the morning
of...
「在…的早晨」

6　「依賴」的 on

　　從基本的「接觸」→「重量」的概念變化，連結到「依賴」的概念。「依賴對方」會有種靠在對方身上的感覺。

靠在對方身上
→「接觸」

- rely on ～　「指望～」

- depend on ～　「信賴～」

- be dependent on ～　「依靠～」

- count on ～　「期待（指望）～」

　　另外，live on ～是「以～為主食，靠～維生」的意思。生物要靠食物活下去，所以 on 也可以解讀成「依賴」的意思。

　　on one's own「一個人做，獨力」直譯之後，也會順理成章變成「指望自己」。

7 「以～為根據」的 on──抽象的「接觸」

- **on the grounds that...**
「以……的理由」

ground 是
根據地

ground「土地，地面」是人站立的地方，「理由」是「根據地」，因此grounds 可以延伸出「理由，根據」的意思。直譯為「以……的理由為根據」。

- **on（the）condition（that）...**
「以……的條件」
直譯為「以……的條件為根據」。

- **on account* of ～**　「因為～」
這裡也可直譯為「以……的理由為根據」。

8 時間軸上的「接觸」

正在
on

time

- **on time**　「準時，按時」

　　on 在既定時刻（(the) time）指的是離該時刻不久，所以是「準時」的意思。

---

*account 是「多義詞」。基本上是「帳單、請款單」。這是一種對客人的「報告」，也就是請款的「根據，理由」。

• **on ～ ing** 「馬上就～」

　　將～ ing「做～」放到「時間之箭」上，再加上 on 後就能剛好連接起來，與～ ing 之間沒有絲毫空隙，「沒有空隙」→「馬上」。成語「間不容髮」也帶有「馬上」的意思。

On arriving in Tokyo, I called her.
「抵達東京之後，我馬上就打了電話給她。」

為什麼 on ～ ing 是「馬上就～」的意思？

步驟①

「做～」

時間之箭 ──────→ ＋ (～ing) ▷▷▷ ─(～ing)→

步驟②

on

「接觸」的 on ─(～ing)→ ▷▷▷ ●(～ing)→

└→ 間不容髮→「馬上（就）」

9 關於工作的 on

on 可以表示緊密相接，也會用在一個人「從事」工作的意思上。

• **work on** ～ 「從事～」

The team is working on a new project.
「這個團隊在從事新的專案（事業計劃）。」

• **on duty** 「值勤中／當值」
　　　　　（↔ off duty「值勤時間外，非值班」）

The accident happened when I was on duty.
「那起意外發生在我當值的時候。」

• **on business** 「出差，辦公」
He is going abroad on business.
「他去國外出差。」

10 「連續」的 on「～中」

正在從事某項行為就叫做「～中」。另外，「～中」也指持續進行某項行為。更可以將概念解讀成「接觸」→從事→繼續→「連續」。

- **on a diet** 「減肥中」
- **on sale** 「販賣中」
- **on strike** 「罷工中」
- **on the increase** 「增加中」

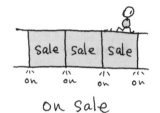

on sale

on the increase

【參考】on 表「連續」的副詞用法

on end 這個慣用語是「繼續、接連不斷」的意思。在 2 個（以上）東西的「尾部／末端」（end）緊黏著 on，就會變成「繼續」。

就像這樣，雖然 on 的介系詞用法有「連續」的意思，但這樣的副詞用法也會頻繁出現。

- **on and on** 「繼續，不斷」
- **keep on** ～ **ing** 「繼續做～」
- **go on** ～ **ing** 「繼續做～」
- **go on to do** 「接著做～」
- **hold on** 「維持，堅持／不掛電話」
- **get on** 「繼續（中斷的工作）」
- **from now on** 「從現在起」
- ～ **and so on** 「…等等」
- **carry on** 「持續（不懈）」

on 的總結

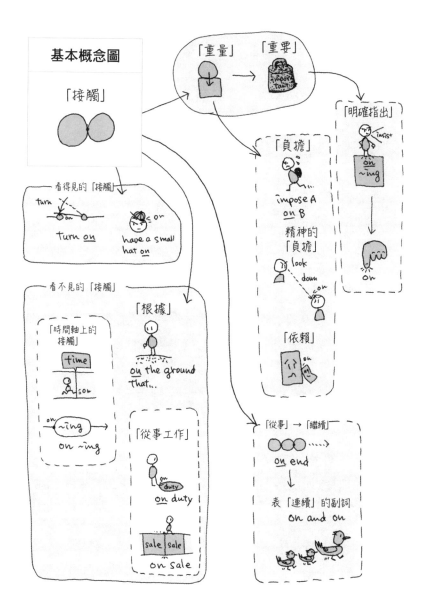

基本概念圖

「接觸」

「重量」 「重要」

「明確指出」

看得見的「接觸」
turn on
have a small hat on

看不見的「接觸」

「時間軸上的接觸」
time
on ~ing

「根據」
on the ground that...

「從事工作」
on duty
on sale

「負擔」
impose A on B
精神的「負擔」
look down on
「依賴」

「從事」→「繼續」
on end
↓
表「連續」的副詞
on and on

at

at 的基本概念是「指著一個點」。
只要按照以下 **1**～**5** 的模式整理歸納，就會恍然大悟。

1 地理上、地圖上的一個點

• <u>at</u> **the top of the mountain** 「在山頂上」

地理上的一個點　　　　　　　　　地圖上的一個點

• <u>at</u> **the corner of the street** 「在街角」

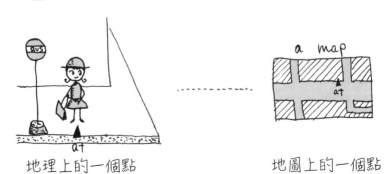

地理上的一個點　　　　　　　　　地圖上的一個點

at 與 in 的不同

就算覺得是「地理上、地圖上的一個點」，但有時會因認知方式不同而使用 in～。這時指的是「廣度」的概念，與 at 不同。

at 是一個點

- **at** the center of the circle
  「在圓圈的中心（點）」

- **in** the center of the circle
  「在圓圈的中央地帶（正中央）」

in 是廣度

就算同樣是地名，如果有到達點或經過點就要用 at～表示；如果是當作活動和行動的場所則要用 in～，用以表示廣度的概念。

- The train stopped <u>at</u> Shinjuku.
  「電車在新宿停車。」（到達點（經過點））

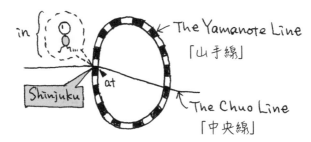

- He walked around <u>in</u> Shinjuku.
  「他在新宿到處逛。」（行動的場所）

①意識的對象

當一個人的意識朝向某件事物時經常會用 at。

• **look at ～**　「看～」

視線朝向空間的一個點。

〔類似範例〕**gaze at** ～「注視～」，**stare at** ～「注視（盯著看）～」，**glance at** ～「瞥見～」

• **be surprised at ～**　「對～感到驚奇」

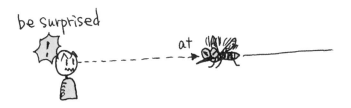

• **laugh at ～**　「（嘲）笑～」

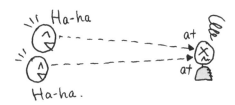

②動作的對象——「以～為目標,瞄準～」的at

at 也代表動作朝向的一個點,但(幾乎)沒有對受詞物理作用的語感 *,也不清楚這個行為是否擴及於受詞。

- **throw a stone at ～**
「瞄準～投石」
(有沒有投中不清楚)

- **shoot at ～**
「瞄準～射擊」
(有沒有命中不清楚)

- **jump at ～**
「撲向～」
(對方有沒有被捉到不清楚)

以下的例句是知名的諺語。附帶一提,其中的 at 也是「以～為目標」的 at。

A drowning man will catch at a straw.
「溺水的人會抓住救命稻草。」

假如是 catch a straw 就是「(實際)抓住稻草」,但若是 catch at a straw 則不清楚手是否搆到稻草,呈現悲劇的感覺。

---

* 熟悉的例子就如 arrive at ～「抵達～」只是單純的「抵達」,沒有作用於受詞的語感。

就如前述「時間之箭」的那一頁所言,英文會以朝向未來直線延伸的箭,表示時間的經過。

英文有很多運用這項概念的表現。

以下的表現是將「時間之箭」和 at 搭配,變得淺顯易懂。

• **at seven** 「在 7 點」*

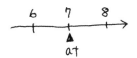

既然指的是時間軸上的一個點,就會傳達出瞬間的感覺,所以在表示「在那個瞬間」時會用 at,順理成章變成 at the moment。

at the moment 「在那個瞬間」

以下的慣用語也包含 at,能夠解讀成瞬間的概念。

• **at the sight of ~** 「一看見就~」「在看見的瞬間」

• **at the thought of ~** 「一想起就~」「在想起的瞬間」

• **at first glance [sight]** 「乍看之下」

* 也可以將 at seven 想像成以下的情況。

「數字」跟時間一樣,能夠用線段詳細說明。

以下的慣用語也是如此,只要將其歸納為數字線段上的表現,就會恍然大悟。

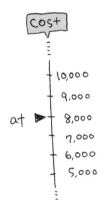

- **at any cost**

「不惜代價/無論如何」

(=at all costs)

- **at the cost of ～**　「以～為代價」

cost 原本是「經費、費用」的意思。既然很難拿出經費,就可以轉換成「代價」的意思(將以上 2 者分別當成 at any price 和 at the price of ～也幾乎說得通)。

- **at the expense of ～**　「以～為代價」
- **at any rate**　「總而言之,不管怎樣」

rate 是「速度/比率/分配」的意思,是代表「程度」的詞之一。無論 any「任何,所有」rate「程度」→「無論什麼程度」→「總而言之,不管怎樣」。

- **at most**　「最多」
- **at least**　「至少」

直譯分別為「最大」和「最小」。

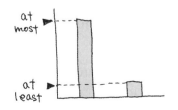

〔類似範例〕• at the speed of ～　「以～的速度」
　　　　　　• at the age of ～　　「以～的年齡」

速度和年齡都可以想成是數字線段上的一個點。

5 抽象的一個點

在腦海中或心中描繪出的事物，有時也能當成一個點。

• aim at ～　「瞄準，對準～」

• be good at ～　　「擅長於，善於～」

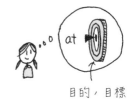

目的，目標

〔類似範例〕**be disappointed at** ～「對～感到失望」，**be expert at** ～「內行的～，專門的～」

另外，前面提到的 be surprised at 有時也會如同以下範例，以抽象的「無形」事物做為受詞。

• **I was surprised at the way he manipulated the machine.**
「我對他操作機器的方式很是驚訝。」
• **She was surprised at finding her lost ring in such a place.**
「她很驚訝竟然在那種地方發現她遺失的戒指。」

at 的總結

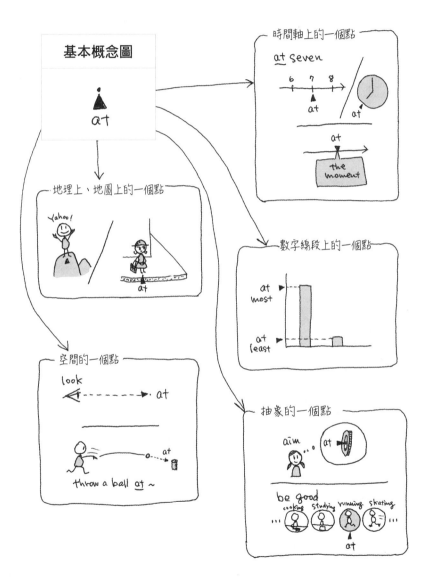

基本概念圖

at

地理上、地圖上的一個點

Yahoo!

at

空間的一個點

look

at

throw a ball at ~

時間軸上的一個點

at seven

6 7 8

at

at

at

the moment

數字線段上的一個點

at most

at least

抽象的一個點

aim at

be good

cooking studying running skating

at

Chapter

9

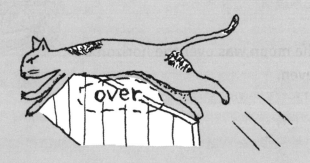

over

基本概念圖

over 表示位在上方往（前後）左右擴張的空間。

1 「在～的上面」

• **the bridge over the river**
「這座橋橫跨這條河。」

• **The moon was over the horizon by seven.**
「月亮直到七點前都保持在地平線（水平線）上方。」

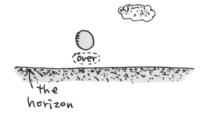

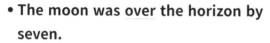
（注）這裡的意思是外觀上的「（正）上方」。

假如位在上（方）的是某種寬廣的東西，則也可以用來表示接觸的關係。

• **There is a huge cloud over the mountain.**
「那裡有一片巨大的雲籠罩在那座山上。」

- **She spread a blanket over the sofa.**

「她把一張毛毯鋪在沙發上。」

2 「跨越～」

與上方空間擴張的動向結合後，就變成「跨越～」的意思。

- **The cat jumped over the fence.**

「那隻貓跳過那道籬笆。」

如果跨越艱難，就會變成「克服」的意思。

- **He got* over his difficuties.**

「他跨越了他的難關。」

〔類似範例〕**overcome**
「克服～，
戰勝～」

* 這個 get 是「變成～」的意思。

　　同時讀書和用餐時，上半身就會位在書本或餐點的上方，所以也衍生出「一邊～」的意思。

- **He enjoyed the music over（a cup of）coffee.**
「他一邊喝咖啡，一邊欣賞音樂。」

〔類似範例〕**over lunch**「一邊吃午餐」，**over one's work**「一邊工作」，**fall asleep over one's book**「一邊看書一邊睡覺」

4　〈優勢、掌控〉「對於～」

　　當某件事物位在上方，就會變成「居高臨下」，衍生出「優勢、掌控」的意思。

- **The queen had absolute power over the people.**
「女王對於國民擁有絕對的權力。」

- **the victory over the rival**
「凌駕於競爭對手的勝利」

5 橫跨時間→「經過～」

假如把 over 放到表示時光流逝的「時間之箭」上方，就會變成「經過～時間（年歲）」的意思。

• **over centuries**
「經過幾世紀」

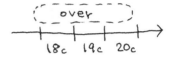

• **over the past five years**
「經過這過去的 5 年來」

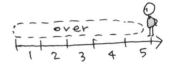

6 「關於～（長久，永遠）」

about＋「時間之箭」

　　about 是能夠代表「關於～」這個意思的介系詞。不過由左邊的概念圖可知，即使將其與「時間之箭」合併，也不會變成長方形，有點無法感受到時間的經過。
反觀 over 的概念則是往橫向擴張，所以能產生要花很長時間的語感。

• **argue over economic issues**
「爭論關於經濟的問題」

從 over 具備的長方形概念，連結到時間漫長的概念。

- **a quarrel over the TV channel**
「為了電視頻道而爭吵」

- **a fight over politics**
「政治上的口角」

- **a dispute over the money**
「關於金錢的紛爭（爭執）」

- **worry over our future**
「擔心我們的將來」

- **grieve over the sad result**
「哀悼悲傷的結果」

　　翻譯 over 的方式形形色色，不管怎麼翻譯都能解讀出「長久，永遠」的含意。另外，如果將 over 替換成 about，就能營造出有點微弱的感覺，消除「長久，永遠」的語感。

7　〈超過〉「～以上的」

　　因為位在上方，所以也可以用來表示「超過」。

- **Children over 12 are permitted to see the movie.**
「這部電影允許 12 歲以上的孩童觀看。」
（包含 12 歲。）

*the movies「電影院」。

當作副詞加在動詞前面的 over

• **overflow**「溢出」

---

8 「空間的廣度」

over 可與位置關係、運動和動作結合，用於各式各樣的表現中，表示出空間的廣度。

• **over there** 「在那裡，那裡的」

Look at the flowers over there.

「看看在那裡的花。」

這個 over 表示途中的空間
（空間的阻隔）。

〔類例〕**overseas** 働「在（去）海外」／形「海外（來）的」

讓人感覺到海上空間的阻隔。

• **look over ～** 「（大略）瀏覽～」

視線的動向移動和覆蓋整張紙面的概念。

• **take over** 〜
「接管（工作）」

He took over the task.
「他接管這項任務。」

task「任務」是轉移
空間的概念。

• **overhear** 「偶然聽見（對話）」

I overheard their conversation.
「我偶然聽見他們的對話。」

over 會讓人感覺到
途中的空間

9 如果緊接動詞意思會完全不一樣的 over

• **overlook** 〜 「漏看〜／眺望〜」

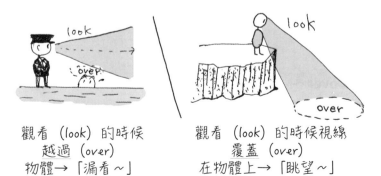

觀看（look）的時候
越過（over）
物體→「漏看〜」

觀看（look）的時候視線
覆蓋（over）
在物體上→「眺望〜」

• <u>overtake</u>　「追上～／超越～」

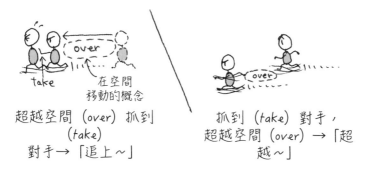

超越空間（over）抓到（take）
對手→「追上～」

抓到（take）對手，
超越空間（over）→「超越～」

【參考】當作介系詞以外用途的 over

　　即使做為介系詞以外的用途，over 的基本概念也不會改變。

• over「結束」（形容詞用法）
從 over ～「越過～」的概念連結到「～結束」。

• 「重複」的 over（副詞）
　　同樣的流程（行程）over「重疊」之後→變成「重複」。中文的「反覆再三」也有重複的意思。

同樣的流程「重疊」→重複

〔類似範例〕**（all） <u>over</u> again**「重新」

over 的總結

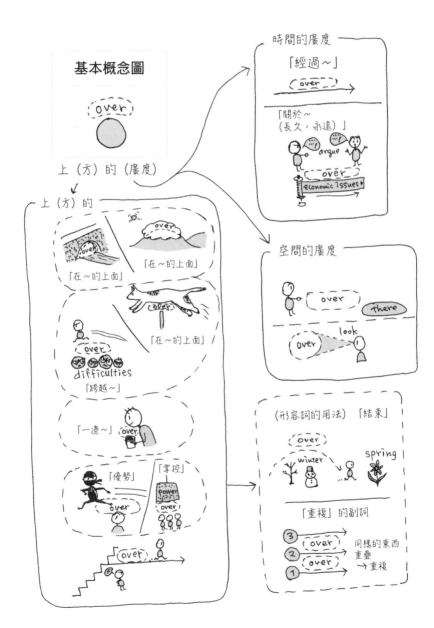

基本概念圖

上（方）的（廣度）

上（方）的

「在～的上面」
「在～的上面」
「在～的上面」

difficulties
「跨越～」

「一邊～」

「優勢」
「掌控」
power

時間的廣度

「經過～」

「關於～
（長久，永遠）」
argue
economic issues

空間的廣度

there
look

（形容詞的用法）「結束」
winter
spring

「重複」的副詞

同樣的東西
重疊
→重複

by

基本概念圖

基本概念是「～的旁邊（不遠處）」。

1 「～的附近」

A cat is sitting by the tree.

「貓坐在樹木的旁邊（不遠處）。」

by 是「旁邊不遠處」的感覺。near 會用在稍微有點距離但不遠的地方。請參照以下的副詞範例。

The child was playing near enough to see his mother.

「這個孩子在看得見母親的地方（近處）玩耍。」

從這個範例可知，near 並非「旁邊不遠處」。

2 「由～」〈動作者、製作者〉

The cake was made by my mother.

「這個蛋糕是由媽媽做的。」

製作蛋糕的人一定
就在蛋糕旁邊。

3 「用～」〈手段〉，「以 」〈單位〉

手段要在旁邊不遠處，也就是手構得到的地方才會有用。

• **by credit card**

「用信用卡」

• **by ～ ing** 「以～」

by 與動名詞「doing」搭配之後，就可以表示預謀的「手段」之意。

She earns her living by selling flowers.

「她以賣花維持生計。」

單位是測量事物的手段。

- **by the* hour**　「按鐘點計算（以小時為單位）」
- **by the meter**　「以公尺為單位」

He is paid by the hour.
「他是領時薪的。」（他是
鐘點工）

4　「～為止」〈期限〉

只要是「接近」期限的日期就可以這樣用。

You have to finish by the end of this month.
「你必須在這個月底前完成。」

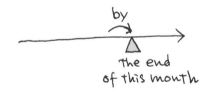

5　「～之差」

兩件事物之差，是指在日常生活中相近的東西。如果是比賽
拉開的一圈之差，就不能用來相比。

She is younger than me by three years.
「她比我年輕 3 歲。」
（直譯為「她比我年輕了 3 歲之差」。）

*「小時」或「公尺」的單位在各自的領域中只有 1 種→世界上只有 1 個的東西要加 the。

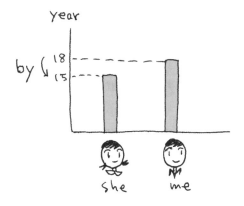

懂得by就會了解的慣用語

懂得 by 的概念就可以輕鬆記住的慣用語如下：

• step by step 「逐步」

這是「逐漸、按部就班」的意思，照理說 step「一步」的距離會十分相近。既然可以解釋成「每次製造 1 步的差距」，也就能當成表示 **5**「之差」的by。類似的表現還有 little by little「漸漸」、one by one「一個個」、day by day「一天天」、by degrees「逐漸」等等。

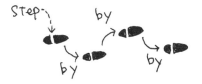

• by far（加強最高級） 「顯然，絕對」

這也是表示「差」的 by。直譯為「遠遠（far）拉開差距（by）」。

• He is by far the fastest runner.

「他絕對是最快的跑者。」

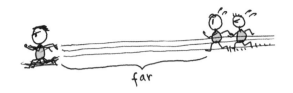

- **go by** 「（時間）過去／（人車）經過」

這個 by 雖然是副詞，表現的語感卻是介系詞的基本概念「附近」。直譯為「去（自己的 *）附近」。既然是去附近，就會知道時間和人車經過；假如離自己很遠，就不會知道是否經過。

距離很遠，就算 go 了也不知道。

另外，非慣用語當中有 by law「按照法律，根據法律」，play by the rules「按照規則做事」等表現。沒有離開法律或規則，表示接近規則，於是就變成遵守規則的意思。

另外，還有 abide「遵守（服從）（規則，法律等）」等稍微困難的表現，這也會以 abide by the rules「服從規則」的形式使用。

---

* 介系詞省略受詞後理所當然會變成副詞。這裡要想成是省略了「自己」（oneself）。

by 的總結

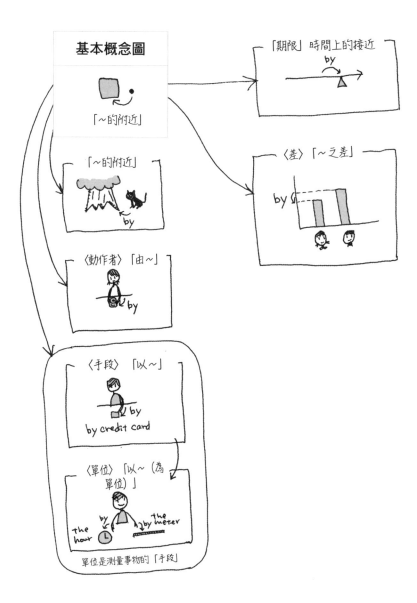

Chapter

11

from

from 的基本概念是「出發點、起點」。

1 「從～」〈出發點、起點〉

• **from A to B**
「從 A 到 B」

• **a letter from her**
「從她那邊寄來的信」

from 代表「出發點、起點」，通常會在上下文當中暗示到達點（to ～）。

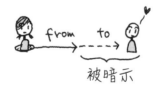

被暗示

有「出發點、起點」含意的 from 重要表現如下：

• **range from A to B**
「（範圍）從 A 到 B」

• **derive from ～** 「源自～」

• **originate from ～** 「起源於（發源於）～」

2 「來自～」

一個人的出發點是所來自的地方。

• **He's from Tokyo, and she's from Nagoya.**

「他來自東京，她來自名古屋。」

3 「由～（製成）」〈原料〉

通常學校會要求以「be made from『原料』」的形式背下這個用法。

• **Butter is made from milk.**

「奶油由牛奶製成。」

from 只代表「出發點、起點」，我們在 milk 變成 butter 之前不會接觸到中間的過程，也沒有必要接觸。

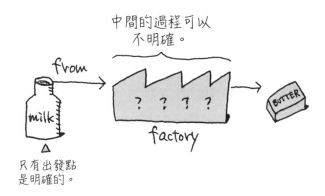

就跟中文會說「從 B 將 A 區別開來」一樣，英文區別的表現經常會用到 from。

- **distinguish A from B**　「區別 A 和 B（從 B 區別 A）」

- **be different from ～**　「和～不同（從～區別不同）」

這裡要對照兩個用到 from 的重要表現概念。

第一個是 tell A from B，另一個則是 know A from B。一般來說都翻譯成「分辨 A 和 B」，但在直譯時前者是「告訴（別人）從 B（區別）A」，後者是「知道從 B（區別）A」。

從 from 就能解讀出「區別」的語感。

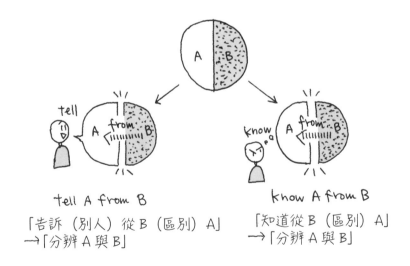

tell A from B
「告訴（別人）從 B（區別）A」
→「分辨 A 與 B」

know A from B
「知道從 B（區別）A」
→「分辨 A 與 B」

5 「因為～／由於～」〈原因〉

表示原因是從什麼地方引起的。

• **suffer from** ～　「為～所苦，受～困擾」
They suffered from drought.*
「他們為旱災所苦。」

　　這還會用在其他長期受苦的情境中，像是 suffer from lung cancer「為肺癌所苦」，suffer from food shortage「為糧食不足所苦」等等。

• **die from** ～　「～而死」
He died from the explosion.**
「他因為這場爆炸而死。」

　　這主要用在外因性（來自體外）的原因。舉例如下：

---

*drought〔draut〕「旱災，長期乾旱」
**explosion「爆炸」

starvation「飢餓」，overwork「過勞」，sunstroke「中暑」，a wound「傷口」，cold「寒冷」，overeating「吃太多」，snake bite「被蛇咬」和其他類似的情況也可以用。

• **be tired from ～** 　「因～而疲累」*
　He is tired from overwork.
　「他因過勞而疲累。」

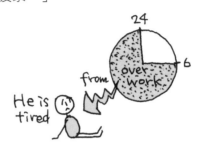

　　這裡再舉幾個例子。tired from running「因跑步而疲累」，tired from the long trip「因長途旅行而疲累」

• **result from ～**
　「由於～而起（所致），起因於～」
　The damage resulted from the fire.
　「損害起因於那場火災。」

---

*類似的表現 be tired of ～「厭煩（厭倦）～」直譯之後，就是對於～（of ～）的事情正（be）感到疲累（tired）。換句話說，就是為特定的事情疲累，其他事情則不疲累→「厭倦～」。

This tragedy* resulted from negligence.

「這場悲劇起因於怠慢〔不小心〕。」

Obesity** results from eating too much.

「肥胖是由於過度進食所致。」

6 「從～判斷，從～來看」
〈判斷的根據〉

- **（Judging） from ～**　「從～判斷」
Judging from the look*** of the sky, we're going to have rain.

「從天空的模樣判斷，接下來似乎會下雨。」

- **from one's point of view******
「依～之見」
From my point of view, he has done a good job.

「依我之見，他做了一個好工作。」

---

*tragedy「悲劇」
**obesity「（病態的）肥胖」
***look〔名詞〕「外表，模樣」
****view「意見，想法」

〔類似表現〕

• **from a ～ viewpoint*** 「從～的觀點來看」

From a scientific viewpoint, electricity is more environment-friendly.

「從科學的觀點來看，電力對環境比較友善。」

7 「不要做（不讓人做）～」〈防止、禁止〉

假如 from 的後面跟著動名詞（～ ing），就會形成「從 doing 離開」的概念，變成「不讓人做～，不要做～」的意思。

• **I refrained** from speaking up***.**
「我克制自己不要直言不諱。」

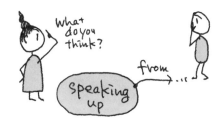

*viewpoint「見地，觀點」
**refrain from ～「克制（抑制）～」
***speak up「直言不諱」

後面連接動名詞的 from 經常以 SVO from ～ ing 的形式使用。共通的概念如下圖所示，感覺像是「S 透過 V 這個動作將 O 從『做～』拉開」。

SVO from ～ ing
的基本概念圖

將 O 這個「人」從「做～」拉開，就會產生「不讓 O 做～」的基本概念。

I prevented* him <u>from</u> going.
「我阻止他去。」
（直譯「我從去當中阻止他」。）

採取這個形式的主動詞如下所示，我們在核對時要與基本概念重合在一起。

- **stop O <u>from</u> ～ ing**「不讓 O 做～」
- **keep O <u>from</u> ～ ing**「不讓 O 做～」
- **prohibit O <u>from</u> ～ ing**「禁止 O 做～」
- **ban O <u>from</u> ～ ing**「（主要在法律上）禁止 O 做～」
- **save O <u>from</u> ～ ing**「從～當中救出 O」
- **protect O <u>from</u> ～ ing**「保護 O 不要～」

*prevent ～「阻止，妨礙～」（以 prevent O from ～ ing 的形式「不讓 O 做～」）

from 的總結

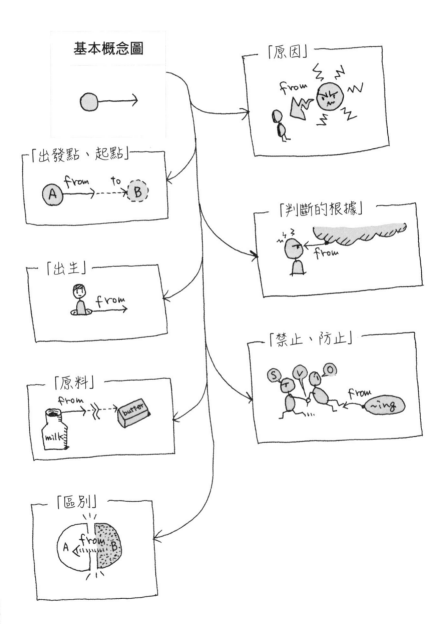

基本概念圖

「原因」

「出發點、起點」

「判斷的根據」

「出生」

「禁止、防止」

「原料」

「區別」

with

基本概念圖

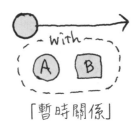

「暫時關係」

（注）A 與 B 用虛線框起來，代表暫時在一起的概念。

　　我們一開始會記住的 with 字義是「和～一起」，但只要運用這點將它當作代表「暫時關係」的介系詞，就能輕鬆理解 with 具備的各種意義。

　　原本「和～一起」就是表示暫時的關係。因為如果總是在一起，就不必特地說「和～一起」了。

1 「和～一起」〈同伴〉

• **take a walk with a dog**
「和小狗一起散步。」

2 「使用～」〈工具〉

　　工具使用完畢就要收拾或處理。工具和使用者之間的關係是暫時的。

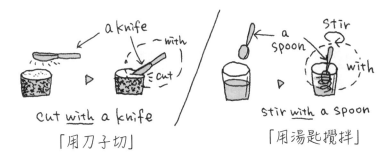

Cut with a knife
「用刀子切」

stir with a spoon
「用湯匙攪拌」

3 〈攜帶〉的 with （無法翻譯 *）

• **I have no money with me.**
「我身上沒有錢。」

　　這句話表示家裡和銀行帳戶雖然有錢，但身上正好沒有錢（沒有暫時持有的錢）。

• **Take an umbrella with you.**
「你去的時候要帶傘。」

　　只有快要下雨的時候才會帶傘出去，只需要暫時持有。

4 〈原因、理由〉「因為～，由於～」

　　常用於疾病之類的原因。感冒、發燒和頭痛通常都是暫時的。

---

* 正確來説是無法只翻譯 with，而是要整句妥善意譯。

• **He was in bed with fever〔with a headache〕.**

「他因為發燒（頭痛）而躺在床上。」

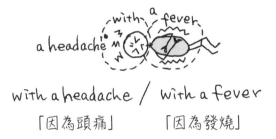

with a headache / **with a fever**

　　「因為頭痛」　　　　　「因為發燒」

　　以情感為由的行動也經常跟 with 一起用。情感通常也是暫時的事情。

• **cry with joy** 「喜極而泣」	• **tremble with fear** 「嚇得發抖」

〔類似範例〕

• **shout with pleasure**「發出歡呼聲」
　　　　　　　　　　　　（直譯「開心得大聲叫」）
• **yawn with boredom**「無聊得打呵欠」
• **sob with fear**「嚇得抽抽噎噎」
• **jump up and down with excitement**「興奮得跳上跳下」

【參考】情感的表現與 with

　　以下的情感表現是在 with 後面連接情感朝向的對象，跟前一頁列舉的類似範例不同，但在表情感和事物的暫時關係這點上則是相同的。在此綜合整理如下：

- **be pleased with** ～　　「喜悅於～」
- **be satisfied with** ～　　「滿足於～」
- **be content with** ～　　「滿足於～」
- **be fed up with** ～　　「厭倦於～」
- **put up with** ～　　「容忍～」
- **sympathize with** ～　　「同情～」

5　〈關聯、對象〉「對～來說」

- **What's wrong with you?**
  ≒ **What's the matter with you?**

「你怎麼了？」

（直譯「對你來說有什麼不方便
（有什麼問題）嗎？」）

不方便通常也是暫時的事情。

〔類例〕**That's fine with me.**

　　　　「我沒問題。」

　　　　（直譯「那對我來說正好。」）

6　「附帶狀況」的 with

（以 with ＋ O ＋ C 的形式「將 O 變成 C（的狀態）」）

• He is walking with his hands in his pockets.
　　　　　　　　　　　 O　　　　　　　C

「他走路時將手放進口袋裡。」

• He is sleeping with the window open.
　　　　　　　　　　 O　　　　　　C

「他睡覺時窗戶還開著。」

with 的總結

through

基本概念圖

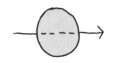

穿過物體的概念

1　「穿過～」

• **go through a tunnel**
「穿過隧道」

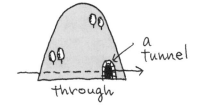

• **hear the sound through the door**
「聲音穿過門傳了過來。」

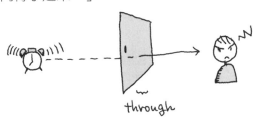

2　「突破～，歷經（辛勞）」

　　說到穿過某個東西，伴隨而來的概念就是通過類似隧道這種陰暗狹窄的地方。因此，through 在某些受詞影響下，可以解讀成「覺得辛勞」。

黑暗狹窄的概念

• **through all sorts of hardships**

「突破各式各樣的艱難。」

• **get through the examination**

「突破考驗。」

• **come through the difficulty**

「突破困難。」

3　「從～開始到結束為止」

　　穿過某個東西，就表示會有「開始」和「結束」。

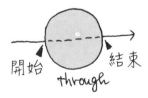

開始　　結束
through

• （**all**）**through the night**　　「一整晚」

• **from Monday through Saturday**

「從（整個）星期一到星期五」

4　「從～開始到結束為止」

聚焦在 **3** 的「結束」的意思上，就會變成「做完～」的意思。

• **be through with ～**
「做完～」
• **get through high school**
「從高中畢業」
be through with ～是將 through 當形容詞
用的例子。

• **I'm through with the work.**
「我做完這份工作了。」

5　「透過（人）」

• **I met her through my brother.**
「我透過哥哥（的介紹）遇到了她。」

〔類似範例〕
You can speak through an interpreter.
「你可以透過口譯（人員）說話。」

6 「以～為方法」

中文也會說「透過某種方法」。

• **Send the information through the Internet.**

「將這項資訊透過網路送出去。」

〔類似範例〕

• **learn through experience** 「透過經驗學習」
• **through an agency** 「透過代理商」

through 的總結

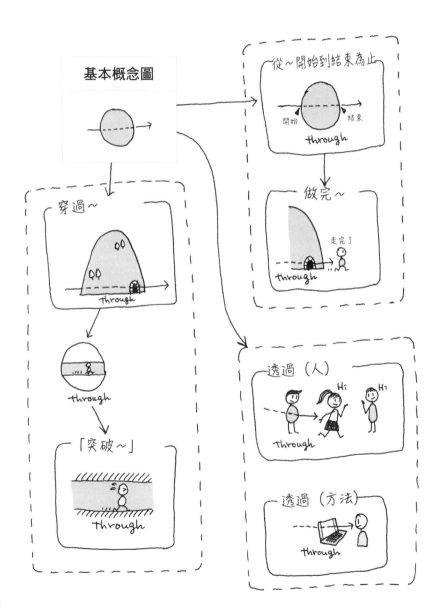

against

反方向的箭頭（朝內）

against 的基本概念是 2 條逆向（反方向）的箭頭。

1 「對於～（的）」〈對立〉

因為是對立的概念，所以經常跟以下的動詞或名詞一起使用。

- **fight against** ～ 「與（敵人）作戰」

- **compete against** ～ 「與～競爭」

- **struggle against** ～ 「與（困難）奮鬥」

- **discrimination against** ～ 「對於～的歧視」

- **a war against** ～ 「對於～的戰爭」

2 「逆〜」

因為有反方向箭頭的概念，所以也會有「逆〜」的意思。

• **walk against the wind**

「逆風而行」

3 「倚靠〜」

倚靠或憑依的方向和牆壁支撐的方向會是相反的。

• **He is leaning against the wall.**

「他倚靠在牆壁上。」

壓力 ←──→ 支撐力

基本概念圖②

反方向的箭頭（朝外）

這是將基本概念圖①的箭頭改成朝外。箭頭朝相反方向這點不變。

反方向的箭頭代表反對的意見。

- **I'm against his plan.**
「我反對他的計劃。」

- **Are you for* or against the proposal?**
「你贊成還是反對這個提案？」

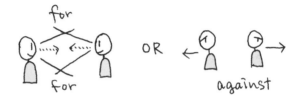

「逆」就會牽涉到「違背～」的意思。

- **against one's will****
「違背意志」

- **against the rule**
「違反規則」

- **against the law**
「違法」

---

*for 是向對方表示友好和好意。
**will 在名詞中是「意志」的意思。

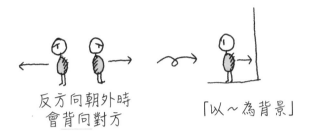

反方向朝外時
會背向對方

「以～為背景」

• **The white house looks beautiful against the blue sky.**

「這棟白色的房子以藍天為背景，看起來很漂亮。」

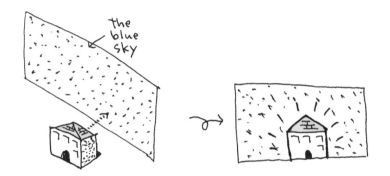

against 的總結

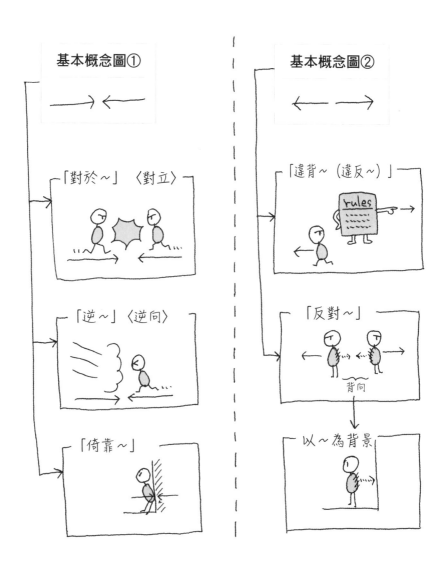

above
toward
beside(s)

above、toward 和 beside (S) 沒有太多延伸，故用 1 個章節歸納和說明。

above 的基本概念圖

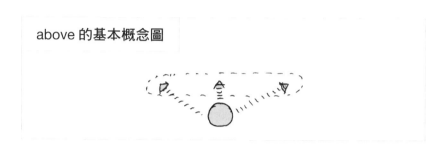

above 基本上是「在～的上面」。跟 over 不同，也可以代表位置偏離到左右（任何方向）的關係，多半用來表示位在斜上方。

• **A plane is flying above me.**

「飛機在我的上面飛。」

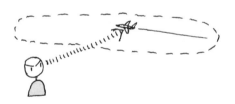

• **Her room is above mine.**

「她的房間在我的（房間）上面。」

above 也會用在正上方，但如果會給人擴張的感覺，則會用 over。

A spider is hanging <u>above</u> me.

「蜘蛛懸吊在我上面」

There was a web <u>over</u> me.

「我上面有個蜘蛛巢。」

海拔表示從海面看過來斜上方山丘的高度，使用 above。

• 1,000 meters above sea level
「（位在）海拔 1,000 公尺。」

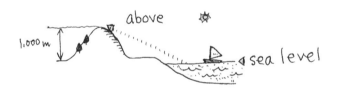

「位在上游」也是斜上方。

• There is a village above the bridge.

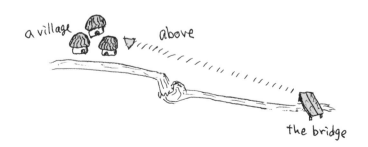

另外,「位在上面」指的是「超越」某個層次,也有如下用法:

• **He is above telling a lie.**

「他不像是會說謊的人。」(他不屑於說謊。)

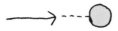

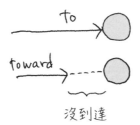

將 toward ～「朝～」跟 to ～一起整理歸納就會很好用。

to ～是「到達（了）目的地的箭頭」，反觀 toward 則是「企圖到達目的地的箭頭」。

畫成圖後差異就會一目瞭然。

兩者決定性的差異在於 to 是到達，toward 則是不會到達。

1 「朝～」

• He was walking toward the setting sun.

「他朝著下沉的太陽走。」

- **She saw an old man walking <u>toward</u> her before the elevator door shut.**

「在電梯門關上前，她看見一位老人朝她走來。」

遺憾的是電梯門關上了，老人沒有在門開著時到達。

2 「快要（～點）」

乍看之下跟 **1** 的意思無關，但若時間過了 11 點朝 12 點 toward，就是往 12 點方向走，也就是「快要 12 點」。假如是過了 12 點 toward 1 點，就是「快要 1 點」。

toward 12
「快要 12 點」

時鐘的針過了
11 點往 12 點
方向走

> **beside(s) 的基本概念圖**

　　besides 是從 beside 衍生出來的介系詞 * ，只有最後 1 個 字母不同。

　　但翻譯過來之後，beside ～就是「～的旁邊，～的附近」，besides ～則是「再加上～，除了～之外」，看起來像彼此不相干的單字。

1　beside ～「～的旁邊，～的附近」

　　beside 可以分解成 be- 和 -side。這裡的 be- 是「～的旁邊」（by）的意思，-side 是「旁邊，附近」，beside 的概念如下所示：

旁邊（附近）

• **B is beside A.**　「B 在 A 的旁邊（附近）。」

• **The cat came up and sat beside me.**
「那隻貓過來坐在我的旁邊。」

---

* 也有副詞用法。

那麼 beside 和 besides 的不同是從哪裡冒出來的呢？
用一句話來說，besides 就是概念並列於腦海中的感覺。

- **Besides reading and writing English, she composes haiku.**

「除了讀寫英文之外，她也會創作俳句。」

腦海中有 2 個
事物並列的
概念

- **Besides a tempura bowl, he ate a bowl of ramen.**

「除了一碗天丼之外，他還吃了一碗拉麵。」

後記

　　我是利用英文授課空檔找時間撰寫本書原稿，等完成時已經過了 8 年的時光。

　　當初我想得太簡單，認為概念圖只要拜託專業插畫家就好。但是，如果要向插畫家傳達圖畫的概念，就得由作者自己想辦法。如果要這樣做，就必須先自己畫好有相當完成度的概念圖。等我領悟到這一點，已經是開始寫書幾個月後的事了（話雖如此，但是我作夢都沒想到要在書上使用自己畫的圖）。

　　在課堂上講解英文時，實在沒辦法透過日文表達的地方，我就會花工夫在學生的面前畫圖，而且已經持續 30 年以上。這份工夫能以透過本書開花結果，我由衷感到喜悅。

　　這本既歡樂又有魅力的書能夠像這樣問世，完全多虧學研田中宏樹先生銳利的眼光和頑強的韌性，以及負責書籍設計的寄藤文平先生和杉山健太郎先生傑出的美感。我要在書末表達深厚的感謝之意。另外，也要感謝付出辛勞幫我這個門外漢修改圖畫的工作人員，讓版面變得淺顯易懂。

　　再者，我還要藉這個機會感謝早坂拓也老弟和青山可弦老弟，在撰寫初稿需要學生感想時不吝給予協助。謝謝你們！

　　然後是加藤洋昭老弟。假如沒有跟他連線討論，這本書或許就會不見天日。他也反覆審視原稿，提出精準的建議。實在很感謝他，謝謝你。

還有，雖然撰寫本書的動機是想為莘莘學子盡棉薄之力，但同時也是想讓小女悠海讀到相關內容。她幫忙畫了作者概念圖，明年即將成為大學考生。期盼本書能對她用功應考有所助益。

　　而最要感謝的是從眾多英文教學書籍中選擇本書，並看到最後的各位讀者。假如從本書獲得的知識和概念能夠化為各位的力量，成為日後學習的後盾，就是我這個作者最開心的事情了。

2018 年 10 月
波瀨篤雄

最強圖解英文文法
800幅手繪概念圖，英文語感＋文法一本通！
絵でわかる英文法イメージハンドブック

作者　　　波瀬篤雄
譯者　　　李友君
執行編輯　顏妤安
行銷企劃　劉妍伶
封面設計　賴姵伶
版面構成　賴姵伶
發行人　　王榮文
出版發行　遠流出版事業股份有限公司
地址　　　臺北市南昌路2段81號6樓
客服電話　02-2392-6899
傳真　　　02-2392-6658
郵撥　　　0189456-1
著作權顧問　蕭雄淋律師
2021年1月1日　初版一刷
2021年4月15日　初版二刷
定價新台幣450元
有著作權 · 侵害必究 Printed in Taiwan
ISBN　978-957-32-8913-5
遠流博識網 http://www.ylib.com　E-mail: ylib@ylib.com
如有缺頁或破損，請寄回更換

絵でわかる英文法イメージハンドブック
E de Wakaru Eibunpou Image Handbook
©Atsuo Namise/ Gakken
First published in Japan 2018 by Gakken Plus Co., Ltd., Tokyo
Traditional Chinese translation rights arranged with Gakken Plus Co., Ltd. Through Jia xi Books Co., Ltd.Complex
Chinese Translation Copyright ©2021 by Yuan-Liou Publishing Co., Ltd.

國家圖書館出版品預行編目 (CIP) 資料

最強圖解英文文法：800幅手繪概念圖，英文語感＋文法一本通！/ 波瀬篤雄圖．文；李友君譯．-- 初版．-- 臺北市：遠流出版事業股份有限公司, 2021.1
面；　公分
譯自：絵でわかる英文法イメージハンドブック
ISBN 978-957-32-8913-5(平裝)

1. 2. 語法

109017846